張小嫻

AMY CHEUNG

愛情王國

張小嫻

荷包裡的單人床

A LOVE STORY ABOUT DISTANCE

NOVEL OF AMY CHEUNG

CONTENTS

失望，也是一種幸福

嫉妒可以獨立存在，
但是愛，
必然和嫉妒並存。
正如失望在幸福裡存在。

雲生：

一月六日的傍晚，我到了法蘭克福。全球最盛大的布藝展覽，明天就在這裡舉行。

法蘭克福的氣溫只有零下九度，漫天風雪。冒失的我，在雪地上滑倒了兩次，好不容易才爬起來。

因為滑倒的時候弄濕了頭髮，髮梢竟然結了冰，冷得我直打哆嗦。

我住在與展覽館隔了一條河的酒店，這邊的酒店比較便宜。我住的酒店就在河畔，在房間裡，可以看到雪落在河上。

第一天，在展覽館裡，我看到一幅來自印度的布，淡黃色棉布上，用人手繡上了一朵朵白色的雪花，手工很精巧。你知道雪花嗎？這種外形有點像百合的雪白色的花，象徵逆境中的希望。

它是代表一月的花，而你是在一月出生的。

在窗前掛上這張繡滿雪花的布，那不是等於掛滿了希望嗎？

那一年的十二月下旬，我到髮廊把留了十年的長髮剪掉。

「太可惜了，頭髮已經留到背部。」我的髮型師阿萬說。

阿萬依著我的意思把我的頭髮剪短，露出一雙耳朵來。
離開髮廊時，我覺得整個人輕鬆得多了。
長髮，原來一直是我的負累。
沒有了長髮，街上的寒風吹得我的脖子很冷，這一天的氣溫突然下降，只有七度，聽說再晚一點，溫度還會更低一些，我趕緊去買一座電暖爐。
買電暖爐的人很多，貨架上剩下最後一座，你跟我差不多同一時間看到這唯一的一座電暖爐。
那天的你，穿著很多衣服，毛衣外面加了一件棉襖，棉襖外面又穿了一件毛衣，毛衣外面還加了一件厚絨外套，個子高大的你，看來弱不禁風，不停地咳嗽。那一刻，我竟然對你動了慈悲之心。
「你要吧。」我把電暖爐讓給你。
我不忍心跟一個這麼虛弱的男人爭奪一座電暖爐。
「妳要吧。」你竟然毫不領情。
「還是你要吧。」我說。
「妳要吧。」你不肯接受我的好意，彷彿接受一個女人的好意是一件很不光彩的事。

「那我不客氣了。」我說。

「你為什麼不買一張電毯？」本著同情心，我向你提議。

「謝謝妳，蓋上電毯，感覺好像坐在電椅上等候行刑。」你一邊擤鼻涕一邊認真地說。

當然，世上最保暖的，是情人的體溫。

我開車從停車場出來，經過百貨公司旁的露天咖啡座，隔著落地玻璃，剛好看到你正用一杯熱燙燙的咖啡送藥。我聽人說，寂寞的人，感冒會拖得特別長，因為他自己也不想好。

感冒本來就是一種很傷感的病。

我把那座電暖爐拿回家裡，電暖爐開著之後，室溫提高了很多，但是因為乾燥而令皮膚繃緊的感覺，並不好受，我在臉上塗了很多雪花膏，也在脖子上塗了一些。

政文打電話回來，問我他的荷包有沒有留在家裡。

「你等我一下。」

我在床上找到他的荷包。

「找到了。」我告訴他。

他早已經掛線，他是個沒耐性的人。

我開車把荷包送去給他，他的職員說他出去了，好像是去吃東西，我把荷包放在他辦公室裡。

就在那個時候，杜惠絢打電話給我。

「妳還不來？」

「我已經在車上了。」我說。

惠絢的日本燒鳥店明天就開幕，她是大股東，我是小股東。我是她最要好的朋友，她說她的一切都應該有我的份兒，除了男人和遺產。

惠絢的心願是開餐廳，那麼她可以天天坐在收銀機前面數著花綠綠的鈔票。一年前，我們結伴去鹿兒島，在那裡，我們愛上了流連燒鳥店。日本的燒鳥店，就是專賣燒雞串的地方，一般都開在地窖裡，面積很小，客人很擠擁，空氣氤氳，在那個地方談心，別有一番風味。

回到香港以後，惠絢決定開一間燒鳥店。我們在灣仔星街找到一個地舖，那裡從前是一間義大利餐廳，歇業後空置了大半年。

我最喜歡餐廳有一個後園，坐在那裡，可以看到天空。

惠絢那筆資金，是她男朋友康兆亮替她付的，他是做生意的。

我們的燒鳥店，店名叫「燃燒鳥」，是我改的。愛是用來燃燒，而不是用來儲存的。

光盡而滅，這是我所追求的愛情，你會明白嗎？

我來到燒鳥店，裝修工人還在作最後衝刺。

惠絢見到我，嚇了一跳，問我：

「妳為什麼把頭髮剪短？」

「覺得悶嘛。」我說。

「人家會以為妳失戀呢，失戀女人才會把長髮剪得那麼短。」

「不好看嗎？」

她仔細地打量我，問我：「脖子不覺得冷嗎？」

「以後我可以每天用不同的絲巾。」我笑說。

那天晚上，我們一直忙到凌晨五點多鐘。

回到家裡，政文已準備睡覺。

「妳用不著拿荷包給我，我只是叫妳看看荷包是不是留在家裡。」他說。

「你沒發覺我有什麼不同嗎？」我問他。

他爬上床，望著我，問我：「妳的頭髮呢？」

「變走了！」我扮個鬼臉說，「是送給你的新年禮物。」

「幹嘛把頭髮剪掉？」他鑽進被窩裡問我。

「喜歡嗎？」

「沒什麼分別。」他隨手把燈關掉。

「你沒感覺的嗎？那是一把你摸了八年的長髮。」

我覺得男人真是最不細心的動物。

「告訴妳，我今天贏了很多錢。」他得意洋洋地說。

「你一向很少輸。」我說。

他在我臉上吻了一下，說：「睡吧。」

「政文，我們一起幾年了？」

「要結婚嗎？」他問我。

「會不會有一天，你對我，或者我對你，也不會再有感覺？」

「不會的。」

「你不會，還是我不會？」

「妳不會。我一向很少輸的。」他說。

「真的不要結婚？」他再問我一次。

「為什麼這樣問我？」

「女人都希望結婚，好像這樣比較幸福。」他讓我躺在他的手臂上。

也許，我是幸福的。

我們住的房子有一千九百多呎，在薄扶林道，只有兩個人住，我覺得委實太大了。

房子是政文三年前買的，錢是他付的，屋契寫上我和他的名字。政文說，房子是準備將來結婚用的。

政文是一間股票行的高級職員。

我開的歐洲轎車也是政文送給我的。

每個月，他會自動存錢進我的戶口，他說，那是生活費。他是個很慷慨的男人。

花他的錢，我覺得很腐敗，有時候，又覺得挺幸福。

政文比我大十年，他是我第一個男朋友。

他覺得照顧我是一件理所當然的事。

而我，也曾經相信，愛他，是一件理所當然的事。

我有這個責任。

已經夠幸福了，我不認為要結婚才夠完美。

也許覺得太幸福，所以我把頭髮變走。

第二天醒來，我覺得渾身不舒服，好像是感冒，一定是買電暖爐時跟你靠得太近，給你傳染了。

沒有任何親密接觸，連接吻都沒有，竟然給你傳染了，害得我躺在床上無法起來。你送給我的第一份禮物竟然是濾過性病毒。

下午四點半鐘，惠絢打電話來催促我。

「妳還沒有起床嗎？開幕酒會五點鐘就開始了，大家都在等妳。」

「我好像感冒。」我說。

「給楊政文傳染的嗎？」

「不，不是他。」

開幕酒會上，惠絢打扮得很漂亮，她打扮起來，挺迷人的。政文和康兆亮是中學同學，很談得來，我是先認識康兆亮才認識惠絢的。那時惠絢剛剛跟康兆亮一起，康兆亮帶她出來跟我們見面，我沒想到她會留在康兆亮身邊五年。

康兆亮是個用情不專的男人，我從沒見過有一個女人可以跟他一起超過一年。

他可以給女人一切，除了婚姻和忠誠。

惠絢彷彿偏要從他手上拿到這兩樣他不肯給的東西。

徐銘石也來了。

我的正職是經營一間布藝店，徐銘石是我的夥伴。

除了惠絢，他是我最好的朋友。

徐銘石有一個要好的女朋友周清容，她是外展社工。他們的感情一向很好，但是去年冬天，他們突然分手。

分手的原因，徐銘石一直守口如瓶，每當我想從他口中探聽，他總是說：「逝去的感情，再談論也沒意思。」

他一向是個開朗的人，唯獨分手這件事，他顯得很神秘。

這一次分手也許是他一個永不癒合的傷口。

自此之後，我也沒見過周清容，從前，她有空的時候，時常買午餐來給我和徐銘石。

「妳的新髮型很好看。」徐銘石說。

「謝謝你，你是第一個稱讚我的人。」

他摸摸自己的脖子，問我：「這個地方不覺得冷嗎？」

我的脖子一定是很長了，不然不會這麼多人關心我的脖子。

離開燒鳥店之後，我在時裝店買了一條圍巾。

那是一張很大的棉質圍巾，黑色底配上暗紅色的玫瑰，可以包著脖子和整個肩膊。

我的脖子果然和暖了很多。

回到家裡，我開著電暖爐睡覺。我的頭痛好像愈來愈厲害。

第二天黃昏，頭痛好像好了一點。

我換過衣服回去燒鳥店，反正坐在家裡也很無聊。

出門的時候，忽然下著微雨，我本來想不去了，但是開張第二天，就丟下惠絢一個人，好像說不過去。

「妳不知道有一個古老方法治感冒很有效的嗎？」惠絢說。

「什麼方法？」

「把妳冰冷的腳掌貼在男人的小肚子上連續二十四小時，直至全身暖和。」

「誰說的？」我罵她胡扯。

「要是妳喜歡的男人才行呀。」她強調。

「妳試過嗎？」

「我的身體很好，這五年也沒有患過感冒。」
「那妳怎知道有效？」
「我以前試過。」她自豪地說。
那似乎是一個很美好的經驗。
沒想到這一天晚上會再見到你。
「歡迎光臨。」我跟你說。
你的感冒還沒有好，你這個樣子，根本不應該走到街上，把病菌傳染給別人。
你抬頭望著我，似乎不記得我是誰。
原來，我在你心裡並沒有留下任何印象，我真的不甘心，我長得不難看呀，你怎會對我一點印象也沒有？
「有沒有到別的地方去買電暖爐？」我問你。
「嗯？」
你記起我了。

「不需要了。」你說。

「你怎麼知道有這個地方的？我們昨天才開幕。」

「這裡是重新裝修的嗎？」你問我。

「你以前來過嗎？」

你點點頭。

「這裡以前是一間義大利餐廳，曾經很熱鬧的，後來歇業了，這裡也丟空了大半年。」我說。

我發現你的鼻子紅通通的，是感冒的緣故吧？這一刻，才有機會看清楚你的容貌，你的頭髮濃密而凌亂，是一堆很憤怒的頭髮。鬍子總是剃不乾淨似的，臉上有很多鬍髭。

惠絢來問我：「妳認識他的嗎？」

「只見過一次，是買電暖爐時認識的。」

「妳好像跟他很熟。」

從第一天開始，我就覺得跟你很熟，那時候，我並不知道你是個拒人於千里之外的人。

你拿了一袋藥丸，放在桌上。

「要熱水嗎？」我問你。

「不用了。」

你用日本清酒來送藥。

「醫生沒告訴你，不該用酒來送藥嗎？」

「我沒有用酒來送藥，我是用藥來送酒。」你帶著微笑狡辯。

第二天，看完醫生之後回到燒鳥店，我也照著你那樣，用半瓶日本清酒來送藥。你知道，藥太苦了，不用酒來送，根本不想吞，尤其是咳嗽藥水，味道怪怪的。

把藥吞下之後不久，我坐在燒鳥爐前面，視線愈來愈模糊，身體好像快要沉下去，只聽到惠絢問我：

「妳怎麼啦？」

「我很想睡覺。」我依稀記得我這樣回答她。

惠絢、燒鳥師傅阿貢和女侍應田田合力把我扶下來。

惠絢哭著說：「怎麼辦？」

「叫救護車吧。」有人說。

醒來的時候，我躺在急診室的病床上，是護士把我弄醒的。

「醫生來看妳。」她說。

我張開眼睛，看到一個穿著白袍，似曾相識的人，站在我面前。

「妳叫什麼名字？」你問我。

「蘇盈。」我說。

你用聽診器聽我的心跳，又替我把脈。

「妳吃了什麼？」你溫柔地問我。

「我用酒來送藥，不，我用藥來送酒。」我調皮地說。

「妳吃了什麼藥？」你一本正經地問我。

「感冒藥。」

「吃了多少？」

我還在想，護士已經搶先說：

「妳是不是自殺？」

自殺？我失笑。

「吃了多少顆感冒藥？」你再一次問我。

「四、五顆吧，還有咳嗽藥水。」

「沒事的，讓她在這裡睡一會吧。」你跟護士說。

「我想喝水。」我說。

穿著白袍的你，輕袂飄飄地離開了我的床邊，聽不到我的呼喚。

我在醫院睡了很香甜的一覺，翌日醒來，第一眼看到的人，竟然也是你。你跟昨天一樣，穿著白袍，這一次，你的面目清晰很多了。臉上帶著微笑，鼻子不再紅通通。

你的名牌上寫著：秦雲生醫生。

「以後不要用藥送酒了。」你一邊寫報告一邊對我說，「不是每個人都可以用這種獨特的方式來服藥的。妳可以出院了。」

我真氣，你是罪魁禍首呀。

政文和惠絢來接我出院。

「我昨天晚上來過，妳睡著了。」政文說。

「我昨天晚上睡得很好呀。」

「妳不是自殺吧？」

沒想到他一點也不了解我。

「她那麼怕痛，她才不敢自殺。」惠絢說。

「原來那個人是醫生嗎？」惠絢問我。

「他是個壞醫生。」我說。

教人用酒送藥，還不是個壞醫生嗎？

回到家裡，我用水送服你開給我的感冒藥，睡得天昏地暗，醒來的時候，整個人也舒服多了。

我真笨，怎會聽你的話用酒來送藥？

過了不久，你又來到燒鳥店。

你總是喜歡坐在後園裡。

「妳沒事吧？」你問我。

「沒想到那天病得那麼淒涼的人竟然是個醫生。」我笑說。

「醫生也會病的，同樣也會患上不治之症。」你說。

「急診室的工作是不是很刺激？」惠絢走過來問你。

「從來沒有一個臉上流著血的英俊的浪子，抱著一個奄奄一息的美麗女子衝進急診室來，說：『醫生，你救救她！』」你笑著說。

「電影都是這樣的。」惠絢說。

我站在旁邊，沒有開口，我也曾經作過這一種夢，夢中我為我的男人受了重傷，血流披面的他，抱著我衝進急診室，力竭聲嘶地懇求醫生：「醫生，你救救她！」

那是地久天長的夢。

死在情人的懷抱裡。

我沒有告訴你，怕你笑我。

在燒鳥店第三次見到你，是我去法蘭克福的前夕。

你一個人來，幽幽地坐在後園。

「一個星期來三次，真不簡單。」惠絢說。

我曾一廂情願地以為你為了我而來。

「你一點也不像醫生。」我說。

「醫生應該是一個樣子的嗎？」你說。

「起碼鬍子該刮得乾淨一點，頭髮也不應該那麼憤怒。」

你默默地坐了一個晚上，你似乎又不是為我而來。

「妳明天還要去法蘭克福，妳先走吧。」惠絢說。

我穿起大衣離開，街上有一個流動小販正在售賣絲巾。

他賣的絲巾，七彩繽紛，我挑選了一條天藍色的，上面有月亮和星星的圖案。

我把絲巾束在脖子上。

我忽爾在人群後面看到你。

「醫生，你也走了？」

「妳的絲巾很漂亮。」你說。

「我喜歡星星。」我說。
「是的，星星很漂亮。」
「秦醫生，你住在哪裡？」
「西環最後的一間屋。」你說。
當天晚上回到家裡，我立刻拿出地圖，尋找你說的西環最後一間屋的位置。
我想，大概就是那一間了。
我站在陽台上，就能看到你住的那一幢大廈。
我在想，哪一扇窗是屬於你的？

早上，政文還在睡覺，我沒有叫醒他。徐銘石來接我一起去機場。
「聽說法蘭克福那邊很冷。」徐銘石在機艙裡說。
「天氣報告說只有零下六度。」
「這個給妳。」他從背包拿出一個用花紙包裹著的盒子給我。
「是什麼東西？」

「很適合妳的，打開來看看。」

我打開盒子，是一條方形的絲巾，上面印滿七彩繽紛的動物圖案。

「妳現在需要這個。」

「謝謝你。」

那是一條全絲的頸巾，束在脖子上很暖。

在飛機上，我想起了你和你的鬍髭，突然覺得很好笑。

「妳笑什麼？」徐銘石問我。

「沒什麼。」我笑著說。

因為我想起你。

像往年一樣，我們住在展覽館另一邊的酒店，這邊的酒店比較便宜。

第一天在展覽館裡，我被一個法國布商的攤位吸引著，他們的絲很漂亮。

「價錢很貴。」徐銘石提醒我。

「但是很漂亮啊！」我不肯離開攤位。

攤位上那位法國女士送我一塊淡黃色的法國絲，剛好用來做絲巾。

離開法蘭克福，我和徐銘石結伴去馬德里遊玩。

政文對徐銘石很放心，他從來不擔心我們會發生感情。真正的原因，也許並不是他信任我，而是他看不起徐銘石，他認為徐銘石不是他的對手。

我和徐銘石有談不完的話題，若有一天，我們成為情人，也許就不能無所不談了。

我喜歡他，但我不會選擇他做為廝守終生的人。

不要問我為什麼，廝守終生也好，過客也好，只是相差一點點。

他不是我要尋覓的人。

然則，是政文嗎？

我開始反覆問自己。

在馬德里的最後一天，我在一間瓷磚店裡發現一款很別致的手燒瓷磚。那是一款六吋乘六吋的白色瓷磚，上面用人手繪上各行各業的人，其中一塊瓷磚是醫生和病人。正在替病人診病的年輕醫生，頭髮茂密而凌亂，臉上有鬍髭，出奇地跟你相像；那個病人，是一位長髮披肩，臉帶愁容的女子。

我買下那一塊瓷磚，放在背包裡。

「妳買來幹什麼？」徐銘石問我。

我也無法解釋，也許從那一刻開始，我已經在背叛政文。

我在酒店打了一通電話給政文。

「我今天又贏了！」他興高采烈地告訴我。

我突然覺得很厭倦，把電話掛斷。

回到香港那天，政文來機場接我。

「為什麼那天通電話時突然被打斷？」他問我。

「酒店的機樓發生故障。」我向他撒謊。

在車上，我默默無言。政文滔滔不絕地告訴我，他這兩個禮拜以來彪炳的成績。

我突然覺得他是那麼陌生。

八年前，他不是這樣的。他充滿自信，很有理想。

現在，他已變成一個賭徒。在他的生命裡，只有贏輸和買賣。

如果生命只有勝負，多麼枯燥。

「為什麼不說話？」他問我。

我不是不說話，而是不懂說什麼。

「你做的事跟賭博沒有兩樣。」我說。

「替客人買賣股票，本來就是一場賭博。所有賭博，都是貪婪與恐懼的平衡。愈貪婪，風險愈大，利潤也愈高，結果逐漸失去平衡。誰拿到平衡，便能夠贏錢。」他說。

愛情何嘗不是貪婪與恐懼的平衡？

愈想佔有，愈容易失去。

愛是儘量佔有和儘量避免失去之間的平衡。

再次回到燒鳥店，惠絢說你來過一次。

「我告訴他妳去了法蘭克福。」
「為什麼告訴他？他問起我嗎？」
「不，我們聊天，就提到妳。」
我有點兒失望。
你喜歡的是惠絢嗎？

一月底的一個晚上，你再次出現，仍然坐在後園。
「情人節你會來嗎？那天我們有特別優惠，要不要我留一個位子給你？」
「好的，謝謝妳。」
你不可能一個人慶祝情人節吧？

情人節那天，政文和我吃過一頓晚飯之後便上班。
這天晚上，客人很多，徐銘石也特地來幫忙。
「趕快找個女朋友，情人節便不會孤單。」我跟他說。

「有了女朋友，情人節不孤單，但其他日子孤單呀。」他笑說。

是的，愛會使人更孤單。

一直不見你出現，我開始著急。

「剛才太忙，我忘了告訴你，秦醫生上午已經打過電話來取消那個位子。」田田說。

「是嗎？」

「嗯。」田田的臉色很蒼白。

「妳沒事吧。」

「我的肚子從下午開始就不舒服。」

「那為什麼不去看醫生？」

「不要緊的，我吃點止痛藥就沒事。」

「會不會是盲腸炎？」

「沒這麼嚴重吧？」徐銘石說。

「我十年前已經割了盲腸。」田田說。

「那就有可能是更嚴重的毛病，妳快些換衣服，我陪妳去看醫生。」

「不用了，蘇小姐——」田田老大不願意。

「這麼晚，到哪裡找醫生？」徐銘石問我。

「當然是去急診室。」

我強行把田田帶到急診室。

「蘇小姐，真的不是什麼大病，我的肚子現在已經不痛了。」田田可憐兮兮地求我讓她走。

護士叫她的名字。

「我陪妳進去。」我挾持田田進診療室。

進來的醫生不是你，真教我失望。

我在診療室外面張望，不見你的蹤影。我向登記處的護士打聽。

「秦醫生在嗎？」

「他放假。」

「是休假還是特地請假？」

護士瞪了我一眼，說：「是休假。」
休假和請假是有分別的，如果是請假，就有可能是安排了豐富的情人節節目。
田田從診療室出來，愁眉苦臉。
「怎麼樣？」我問她。
「醫生替我注射了，我平生最怕痛，蘇小姐，下一次，不要再逼我看醫生。」她哭喪著臉說。
我是不懷好意把她帶去急診室的，目的只是想見見你。
真對不起田田。
我在幹什麼？
我從未試過單戀別人，今後也不會。如果你不再出現，也就罷了。
那天中午，在布藝店裡，我正忙著替客人挑選布料，你竟然在店外出現。
「蘇小姐，妳在這裡工作的嗎？」你問我。

「這是我的正職，那間燒鳥店，我只是一名小股東，有什麼可以幫忙嗎？」

「我想換過家裡的窗簾布。」

「我們要到你家裡量度窗子的大小。」

「我把地址寫給妳。」

「你住在西環最後的一間屋，我知道是哪一間了，你只需要告訴我，你住哪一個單位。」

你有點愕然。

「我小時住在西環。」我撒謊。

為什麼在我決定不去想你的時候，你又突然出現？

「我住在頂樓。」你告訴我。

那天夜裡，我站在陽台上，看到西環最後一間屋的頂樓有燈光，心裡竟然有說不出的歡愉。我真想親自到你住的地方看一看。

到客人家裡量度窗子，通常是派一個小工去，但是為了可以看看你的房子，我一個人來了。

「蘇小姐，只有妳一個人嗎？」你奇怪。

「我不怕你，你怕我什麼？」我裝著理直氣壯的進入你的房子。

客廳的一邊全是窗，窗簾布是深藍色的，已經很殘舊。

屋裡的陳設很簡單，簡單得近乎淒清，這裡不像有一位女主人打點一切。

「我可以進去睡房嗎？」我問你。

「當然可以。」

你睡的是一張單人床，床收拾得很整齊，房裡並沒有女孩子的照片。

枕頭上放了一本解夢的書。

「你也相信這些嗎？」

「我時常作些好奇怪的夢，所以就看看書。」你說。

「什麼奇怪的夢？」

「記不起了。」

「為什麼每次夢醒之後，總會忘記那個夢？尤其是好夢，如果是噩夢的話，卻會記得很清楚。」

「你聽到一個很好笑的笑話，很快便忘記，但是你聽到一個悲劇，卻會記得著很久。悲哀總是比較刻骨銘心，夢也一樣。」

「口吻很像醫生呢。」我笑說，「夢境是不是都有意義？」

「妳好像對作夢很有興趣。」

「對，我時常作白日夢。」

「替你做兩套新的床單和枕袋好嗎？」我問你。

「也好。」

「客廳的沙發也換過一張吧，這一張已經很舊了。」

「妳真會做生意。」你笑說。

「我們的手工很好的，一個月之後就可以完成。你情人節那天為什麼不來？」我裝著不經意的問起你，「是不是給人臨時爽約？」

你微笑不語。

「好了，再見。」我說。

你叫住我：「蘇小姐。」

人。

「什麼事？」

「等我一下，我也要上班，妳有開車來嗎？」

「沒有。」其實我的車就在附近一個停車場。

「那麼我送妳一程。」

「謝謝你。」

「妳要去哪裡？」在車上，你問我。

「回去燒鳥店。你是不是很喜歡吃燒鳥？」

「也不是。」

「那你為什麼經常來？」

「我在等一個人。」下車時，你告訴我。

你在等誰？

踏進三月，天氣潮濕而寒冷，你仍然每星期來一次。

有時候，你告訴惠絢和我一些急診室的笑話。原來你是個開朗健談的人。

有時候，你又默默坐在後園，沉默不語。

你要等的人到底是誰？

「你的窗簾和沙發做好了，你什麼時候會在家裡？」我問你。

「我明天開始便要當日班，很晚才回家，這樣吧，我把家裡的鑰匙交給妳。」

「你相信我嗎？」

你微笑著把一串鑰匙交給我，說：「我沒有什麼可以失去的。」

這一天黃昏，我和工人來到你的家，把沙發放在客廳中央，又替你掛上窗簾布。

「你們先走吧。」我吩咐他們。

我一個人留下來。

換上新的窗簾和沙發，你的家跟以前不一樣了，多了一點生氣。那幾幅窗簾布都是我最喜歡的。

我還為你做了兩套床單和枕袋。

我把它們放在你的單人床上。

看著你的床，我想，我應該替你換上新的床單和枕袋。換上新的床單和枕袋之後，這張單人床，才跟屋裡的窗簾和沙發配合。

床單和枕袋是用柔軟的米白色和綠色棉布縫製的。

如果你看到我替你換了床單和枕袋，那會不會不太好？我的工作不應該包括這一部分。

於是，我又把舊的一套床單和枕袋重新鋪上，把新的一套疊好，放在一旁。

離開你的家，已是漫天星星的時候。

我站在家裡的陽台上，終於看到你的家在晚上十點多鐘亮起燈，你喜歡我為你做的東西嗎？

第二天晚上，你拖著疲乏的身軀來到燒鳥店。

「你的樣子很累。」我說。

「急診室的人手不夠。昨天晚上，就有三個自殺的病人給送進來。」

「是男還是女？」

「三個都是女人。」

「是為情所困嗎？」

「通常都是這個原因，她們有些是常客。」

「常客？」

「對，每一次我們救活她之後，她會很認真地對我說：『醫生，我下次不會了。』可是，不久之後，她們又給救護車送進來，終於有一次，她們會得償所願。」

「你對死亡有什麼看法？」

「為什麼要問我？」

「你是每天面對死亡的人，也許有些特別的看法——」

「死亡和愛情一樣，都是很霸道的。」

我沒想到那麼深情的說話會從你口中說出來。

「鑰匙還給你。」我說。

「那些窗簾布很漂亮，謝謝妳。」

「沙發呢？」

「太舒服了，我昨天就睡在沙發上。」

「你不覺得那張沙發欠缺了一樣東西嗎？」

「什麼東西？」

「抱枕。」

「噢，是的。」

「這樣吧，抱枕我送給你，不過要等到有碎布時才可以做。」

「謝謝妳。」你打了一個呵欠。

「看來你熬不住了，回去睡吧。」

你看看手錶，說：「原來已經十二點鐘啦！對不起。」

惠絢已經換好衣服，說：「我們都要走了。」

微風細雨的晚上，我們一起離開。

「已經是暮春了。」惠絢說。

「要送妳們一程嗎？」你問。

「不用了，謝謝你，蘇盈她有車。」惠絢說。

「再見。」我跟你說。

「妳是不是喜歡他？」惠絢問我。

「妳說是嗎？」

「妳喜歡他什麼？」

「我曾經相信，政文是可以和我一生一世的男人，但是遇上秦雲生，我突然動搖了。」

「妳並不了解秦雲生，想像中的一切，都比現實美好，萬一妳真的離開政文，跟他一起，也許會失望。」

「我和政文，已經沒有愛的感覺。如果妳愛上別人，妳會告訴康兆亮嗎？」

「當然不會，如果我告訴他，我就是已經不再愛他了。別告訴政文，即使將來分手，也別告訴他妳愛上別人。」

「為什麼？」

「他輸不起。」

「我知道。」我從皮包裡拿出絲巾，纏在脖子上，「但是我還沒有愛上別人呀！」

我還沒有愛上你，我正極力阻止自己這樣做。

雲生，法蘭克福的天氣冷得人什麼感覺也沒有，但是愛的感覺卻能抵禦低溫。

三月下旬的一天，你又來到燒鳥店。

那天整天下著雨，天氣潮濕，鬱鬱悶悶的。

你來得很晚，雙眼佈滿紅絲，樣子很疲倦。

「剛下班嗎？」我問你。

「嗯，連續三十六小時沒睡了。」

我拿了一瓶暖的日本清酒放在你面前。

「喝瓶暖的酒，回家好睡。這瓶酒很適合你喝的。」

「為什麼？」你抬頭問我。

我把瓶子轉過來給你看看瓶上的商標：「它的名字叫『美少年』。」

你失笑：「我早已經不是了。」

「對呀。我是讓你緬懷過去。」

「今天晚上客人很少。」你說。

「你是今天晚上唯一一個客人。」

「是嗎？」

「如果天天都是這樣就糟糕了。」

「杜小姐呢？」

「她和男朋友去旅行了。」

我好像是故意強調惠絢已經有男朋友，我害怕你心裡喜歡的是她。

我偷看你面部的表情，你一點失望的神情也沒有，默默地把那瓶「美少年」喝光。

已經十二點多鐘了，我讓阿貢、田田和其他人先走。

「我是不是妨礙妳下班？」你問我。

「沒關係，你還要吃東西嗎？」

你搖搖那個用來放竹籤的竹筒說：「我已經吃了這麼多啦。」

「你說你在這裡等人，你等的人來了沒有？」

你搖搖頭。

「他是什麼人？」

「一個女孩子——」

我的心好像突然碎了。

「是你女朋友嗎？」

「是初戀女朋友。」

你告訴我你這三個月來在這裡等的是另外一個女人。

我在你面前努力掩飾我的失望。

「為什麼會是初戀情人？你和她是不是復合了，還是你一廂情願？她從沒出現呀。」

「我們約好的。」

「約好？」

「這裡以前是一家義大利餐廳，我們第一次約會就是在這裡。那時候是春天，那天晚上，正下著雨，我們坐在裡面，看著微雨打在後園的石階上，我還記得那淅淅瀝瀝的雨聲，那是一場好美麗的雨。」你愉快地回憶著從前，「這個後園，以前種滿了各種香草，有一種叫迷迭香，現在都不見了。」

「為了可以在這裡多放兩、三張桌子，我們把花圃填平了。」

「哦，原來是這樣。」你似乎很懷念後園裡的香草。

「我們第一次見面也是下著雨，我上法文班，她也是。第一天晚上上課，天氣很壞，下著滂沱大雨，我們巧合地在同一個巴士站等車，沒有帶雨傘的她，躲在我的雨傘下面，默默地避雨。下課的時候，雨仍然很大，我在巴士站等車，她又靜靜地站在我的雨傘下面避雨。我們分手的那一天，也是下著雨。」

「能告訴我為什麼分手嗎？」

你良久才說：「大概也是因為下雨吧。」

那時，我不理解你的意思。

「分手的時候，我們約定，如果有一天，她想起我，想見我，就來這裡等我，我會永遠等她。」

你說，你會永遠等一個女人，你知道那一刻我心裡多麼難過嗎？

「這是多久以前的事？」

「五年了，今天剛好是第五年，也是下著這種雨。」

「但是從前那間義大利餐廳已經不在了，她還會來嗎？」

「只要這個地方仍然存在，她會來的。」

「你為什麼不去找她？」

「如果她想見我，她會來的。」

「她叫什麼名字？是什麼樣子的？也許我可以替你留意一下。她一定很漂亮吧？」我酸溜溜的說。

「她叫阿素，她有一把很長的頭髮。」

「原來你喜歡長髮的女孩子——」

你微笑不語。

你知道那一刻我多麼懊悔嗎？我本來也有一把長髮，就是遇見你之前剛剛剪掉的。

剪掉一把長髮才遇上喜歡長髮的男人。

「如果她不來，你是不是會永遠在這裡等她？」

你垂首不語。

「這樣等待一個不知道會不會來的人，你不認為很飄渺嗎？這樣吧——」我站起來，去拿了一包新的竹籤。

我把其中一支竹籤折斷，跟其他竹籤放在一起。

「你在這裡抽一支，抽中最短的一支的話，她會回來的。」

我數數手上的竹籤，不多不少，總共有六十五支。

「來，抽一支，賭賭你的運氣。」

你隨手抽出一支。

怎麼可能？你抽中我折斷的那一支。

你好像也開始相信這個毫無根據的遊戲。

「恭喜你。」我說。

六十五分之一的機會，都給你遇上了。

我望著你，愈望著你，愈捨不得你朝思暮想的是另外一個女人。

我用手指揩抹濕潤的眼角。

「妳沒事吧？」你問我。

「我很感動。」我真是不爭氣，竟然讓你看到我流淚，「如果有一個男人這樣等我，死而無憾。」

「世事沒有一宗是不遺憾的。」你無奈地說。

那天晚上，我作了一個夢。

夢中的我，擁有一隻箱子，那隻箱子很華麗，銅造的箱子，上面鑲滿七彩的寶石，箱子像一個鞋盒那麼大，那把鎖很堅固，我費了很大的氣力，仍然無法把箱子打開，我很想知道裡面放了些什麼東西，但我就是打不開。

醒來的時候，箱子不見了。

政文剛好在那個時候回來。

「我剛才作了一個夢。」我說。

他顯得垂頭喪氣。

「輸了嗎？」我問他。

「明天我就可以把今天所輸的，雙倍贏回來。」他把燈關掉，躺在我身邊。

我們很久沒談心了，彼此之間，已經沒有什麼話很想告訴對方。

可是你，也不可能喜歡我，我突然覺得很無助。

親手為你縫一個抱枕，彷彿就可以把這份無助驅走。我選了一塊湖水綠色的條紋棉布做抱枕。

抱枕上將會有三顆檸檬色的鈕扣代替傳統的拉鏈。

「這個抱枕是哪位客人的？為什麼要妳親自來做？」徐銘石問我。

「秦醫生。」我說。

「很漂亮。」

「是的。」

「銘石——」

「什麼？」他回頭望我。

「是誰發明抱枕的？」

「大概是很久以前一個家庭主婦發明的。」

「故事也許是這樣的——人們發明用窗簾布把自己住的房子包裹起來，不讓外面的人看到，沙發是讓女人坐在上面等夜歸的男人回來的，而抱枕，是放在沙發上，讓人孤單的時候抱在懷裡，傷心的時候用來哭的。」我說。

「那麼一定有很多人想做妳的抱枕——」徐銘石微笑說。

我特別留意長髮的女人和信用卡上的名字有「素」字的客人，可是，沒有一個長髮女子來等人。

惠絢愁眉苦臉說：「近來的生意不大好。」

「我們的東西很好呀。」我說。

「但是我們沒有做廣告，現在什麼都要做廣告。」阿貢說。

「對呀。」田田附和他。

阿貢和田田正在談戀愛，所以意見很一致。
「做廣告很貴的。」惠絢說，「讓我想一想吧。」

那天晚上，又看到你，你的精神比上次好多了。
「你會解夢嗎？我幾天前作了一個夢。」
「妳還記得那個夢嗎？」
「因為很特別，所以到現在還記著。」
我把夢見一隻箱子的事告訴你。
「箱子裡面一定有很多東西，說不定是金銀珠寶。」我笑說，「可惜我費盡九牛二虎之力也無法把它打開。」
「夢中的妳，打不開箱子，是表示妳很害怕內心的秘密讓人知道。」
是的，我多麼害怕我對你的感覺會讓你知道。
「我猜中了？」你問我。
「誰的心裡沒有秘密？」
「我不是專家，隨便說說而已，別相信我。」你笑說。

「那位阿素小姐，真的會來嗎？」我問你。

你點頭。

我總覺得你在等一個永遠不會來的人。

「你相信盟約嗎？」我難過地問你。

你怔怔地望著我。

「我不該問你，你不相信盟約，便不會在這裡等一個永遠不會來的人。」

「是的，也許她永遠不會來——」

「等待，有時候，並不是為了要等到那個人出現。」你溫柔地說。

等待，如果不是為了要等到那個人出現，那是為了什麼？

我在抽屜拿出那塊在馬德里買的手燒瓷磚來看，醫生正在為一位女病人診病，她欲語還休，愁眉深鎖。

醫生可會明白她的哀愁？

就在那天晚上，政文拿著一個皮箱回來。

「這是什麼東西？」我問他。

他打開皮箱讓我看，裡面全是千元大鈔。

「你拿著這麼多現鈔幹什麼？」

「是客人的。」

「他為什麼給你這麼多錢？」

「他要我替他買股票。」

「為什麼不給支票或銀行本票，會不會是不能見光的錢？」

「我不理他的錢怎樣來，他有錢，我就替他賺更多的錢，這是生意。」他關上皮箱。

「萬一那是黑錢呢？」

「這不是我關心的問題。」他一邊脫下西裝一邊說，「即使是毒販的錢，也不關我的事，我只是負責替人賺錢。」

他把皮箱放好，走到浴室洗澡。

我走進浴室，拉開浴簾。

「妳幹什麼？」他問我。

「我總覺得這樣不太好，那些錢可能有問題——」

「妳沒聽過富貴險中求嗎？」

「我不需要富貴。」

「有一樣東西，比財富更吸引，妳知道是什麼嗎？」

「我不知道你心裡想的是什麼？」

「是贏。」他輕輕為我抹去臉上的水珠，「難得有一個人這樣信任我。」

「你有必勝把握嗎？」

「誰會有必勝把握？我也害怕的，而且有時候害怕得很。」他把頭浸在水裡。

「那為什麼還要冒險？」

「我在玩的這個遊戲，正是貪婪與恐懼的平衡。想贏又害怕輸，好像在空中走鋼索，想到達終點，又害怕掉下來會粉身碎骨——」

我用海綿替他洗頭。

他捉著我的手說：「誰能夠在兩者之間拿到平衡，就是贏家。」

我良久無言。

原來令他泥足深陷的不是我，而是那個貪婪與恐懼平衡的遊戲。
我替他拉上浴簾，悄悄地離開浴室。
那隻皮箱，難道就是我夢中的箱子嗎？箱子裡面藏著的是邪魔。
我跟政文已經無法溝通，他所做的，我能夠理解，卻不能夠接受。

結果，政文贏了，他替那個客人賺了一筆大錢。
他說要送我一枚兩卡拉的鑽石戒指。
「我喜歡星星。」我說。
「鑽石就是女人的星星。」他意氣風發地說。
我還是喜歡星星多一點。

再見到你，是在布藝店外面。我正在應付一個很麻煩的女人。
你在陽光中，隔著一道玻璃門，跟我打招呼。
「經過這裡，順道跟妳打個招呼。」你說。
你的頭髮凌亂得像野草一樣，我用手指把你頭上一條豎起的頭髮按下來。

「謝謝你。」你靦覥地說。

這個動作，有別的女人為你做過嗎？

你用手指撥好頭髮。

「這就是你的梳？」我失笑。

「男人就是這個樣子。」你笑說。

「要去哪裡？」

「想去吃碗雲吞麵罷了。」

「我也想吃啊！」我衝口而出。

「要一起去嗎？」

那個麻煩的女顧客已經很不耐煩。

「不了，有工作要做，下次吧。」我扮了個鬼臉。

你走了以後，那個女人擾攘了三十分鐘還不罷休。她看過了店裡的布料，還是無法決定用哪一幅布。她根本不知道自己想要什麼。

「妳快點決定吧，反正分別都不大。」我不耐煩。

她好像被我逼得六神無主，幸而徐銘石剛好回來。

「你回來正好，這裡交給你。」

我匆匆跑出去。

我跑到雲吞麵店，卻見不到你的蹤影。我猜你是來了這裡，這是老字號，不會錯的。

我看看鐘，你來的時候是十點鐘，現在已經是十點四十分，你當然已經離開了。

為什麼不等我？我真的恨你。

我沒說過會來，又怎能怪你？

我失望地離開，走在街上，天空突然灑下一陣雨。

我走到一間盆栽店外面避雨，看到一盆盆淡粉紅色的花，迎著雨露，剛剛開花。

「這是什麼花？」我問店東。

「是櫻草，四月的櫻草最漂亮。」他告訴我。

我付了錢，抱著一盆櫻草回去。

我想，你離開雲吞麵店之後，必然會經過這間盆栽店，或許見過這一盆櫻草，所以我把它帶走。回到店裡，那個女人已經離開了。

「妳被雨淋濕了。」徐銘石拿毛巾給我抹去身上的雨水。

「妳匆匆出去，就是為了買盆栽？」

「你是怎樣把她打發的？」我問他。

「她決定不來，我便替她決定，於是她開開心心地放下訂金離開了。」

「有些女人真幸福，她不用知道自己需要什麼，自有人替她決定。」

「這世上不是只有一種幸福的。」徐銘石說。

是的，有時候，失望也是一種幸福。

趕到雲吞麵店，你走了，我失望得不想回去，在街上徘徊。天空灑下一陣微涼的雨，失望，有時候，也是一種幸福。

我把櫻草抱到閣樓上，放在窗前，突然很想提筆寫一封信給你。

雲生：

趕到雲吞麵店，你走了，我失望得漫無目的地在街上徘徊。

天空灑下一陣微涼的雨，把我趕到去一間盆栽店，我抱走了一盆可能曾經對你微笑的櫻草。

失望，有時候也是一種幸福，因為有所期待，所以才會失望，因為有愛，才會有期待，所以縱使失望，也是一種幸福，雖然這種幸福有點痛。

書上說，代表四月的櫻草，象徵愛和嫉妒。

嫉妒可以獨立存在，但是愛，必然和嫉妒並存，正如失望在幸福裡存在。

蘇盈

這一封信，我沒打算交給你，我怎麼可以交給你呢？

我把信藏在抱枕裡面，信被軟綿綿的羽絨包裹著，你不會發現的。

然後，某一天，我把抱枕交給你。

「為什麼只有一個？」你問我。

「說好是送的，那就要用碎布，碎布要等的呀。遲些有碎布再縫一個給你。」

「真不愧是一流的老闆娘，精打細算。」你笑著把抱枕放在大腿上，雙手用力去按那個抱枕。

你每按一下，我的心就跳一下，害怕你會發現裡面的東西。

「抱枕有什麼用？」你傻呼呼地問我。

「抱枕是用來托著頭的，不然，手就會很累。」惠絢走過來說。

「抱枕是讓孤單的人抱著的。」我說。

「抱枕不是用來載眼淚的嗎？」你說，「女孩子最愛摟著抱枕來哭。」

「你也可以。」我笑說。

「秦醫生才不會哭。」惠絢說。

「妳怎麼知道？」

「醫生都是鐵石心腸的，不然怎麼可以拿起手術刀剖開一個活生生的人的肚皮？」

「你是嗎？」我問你。

你拍拍手上的抱枕說：「這個抱枕太漂亮了，用眼淚把它弄濕的人才是鐵石心腸。」

你沒有告訴我，你到底會不會哭。

女人最關心的是她所愛的男人會不會為她流淚。

你帶著抱枕離開燒鳥店，我希望你永遠不會發現裡面有一封信。

日子一天一天地過去，你等的人還沒有出現，你仍然癡癡地等她。難道你就沒有愛過別的女人嗎？

看著你無止境地等，我既嫉妒又心痛。

我決定替你把她找出來。

「這樣行嗎？」惠絢問我。

「這個意念很好。」徐銘石說。

「那就這樣決定了。」我說。

燒鳥店要做廣告，我決定把你的故事變成廣告的內容。徐銘石的好朋友在廣告公司裡工作，我把我的想法告訴他，他不大相信地問我：

「今天還有人這樣相信盟誓嗎？」

有的，我相信。

盟誓，本來就是美好的東西。

巨型海報掛在銅鑼灣一間百貨公司的外牆上，隨風飄揚。

海報上，是雲生寫給阿素的信。

素：

妳在雨夜來，在雨夜離去。

時日漸遠，但是，我說過，如果妳想起我，想見我，就到星街這一間餐廳來，我會永遠等妳。

雖然後園裡象徵懷念的迷迭香不再盛放，我沒有一刻忘記妳，沒有。

雲生

巨型海報掛在銅鑼灣一間百貨公司的外牆，每個經過的人，都會看到，只要你的阿素經過，她也一定會看到。

你和她的盟誓，將會在整個銅鑼灣流傳。

海報掛出的第一天，我們的生意立刻好起來，很多情侶專程來尋找阿素和雲生。

最高興要算是惠絢了。

「沒想到這種宣傳手法真的行得通。」惠絢說。

「那就證明盟誓愈來愈少了，所以人們看到會感動。」徐銘石說。

這一天，整天在下雨。

雨停了，還看不到你要等的人。

星期天，我們忙得不可開交。

有顧客問我們，阿素和雲生是不是真有其人。

也許，雲生和阿素，才是天造地設的一對。

差不多打烊的時候，你怒沖沖地來到。

「妳這是什麼意思？」你凶巴巴地質問我。

我從沒見過你這麼凶。

「那張海報，我看到了，妳為什麼利用我？」

「我不是利用你，我只是想替你把她找出來。」我解釋。

「我的事不用妳管。」你無情地說。
看到你這樣保護另一個女人，我反駁你：
「她不一定還愛著你，也許她已經忘了她跟你的盟約，也許她已經愛上另一個人，也許她已經嫁人了，而且日子過得很幸福。」
「不會的。」
「你怎麼知道不會？難道只有你才可以給她幸福嗎？你別再自欺欺人。」
「不會的。她不會幸福的。」你淒然說。
「你怎麼知道她不幸福？男人總是以為，女人離開了他，便得不到幸福。」
「總之我不應該相信妳。」
你望也不望我一眼，拂袖而去。
徐銘石跑過來問我：「什麼事？」
我用手抹去眼角的淚水，說：「我有點不舒服，我想回家。」
徐銘石送我到停車場，雨一直沒有停。

「我送你回去吧。」我跟徐銘石說。
「不用了。」他彷彿看穿了我的心事。
「雨很大呀，我送你吧。」
他替我關上車門說：「我想一個人走走，我明天要到青島。」
「為什麼？」
「一個朋友的爸爸在上面開酒店，酒店的窗簾都交給我們設計。」
「是嗎？你為什麼不告訴我？」
「想有點眉目才告訴妳，讓妳高興一下。」
「要我去嗎？」
「妳留在香港等我的好消息吧。」
「什麼時候回來？」
「三天之後。」
「一路順風。」我祝福他。
「小心開車，霧很大。」他叮囑我。
他在汽車噴出的煙霧裡離我愈來愈遠。

今夜的霧很大，西環最後一間屋隱沒在霧中，我在陽台上遙望你住的單位，什麼也看不到，我只知道，你大概在那個地方。

我並不稀罕你的愛，我關起屋裡所有的窗簾，把你關在外面。

我伏在抱枕上飲泣，我住的地方，距離你住的地方只有一千公尺，開車只要五分鐘，走路要三十分鐘，但是只要站在陽台上，我就能看到你屋裡的燈光，是天涯，還是咫尺？

凌晨四點鐘，政文回來了。

「肚子很餓，有什麼東西可以吃？」他問我。

我走到廚房，打開冰箱，裡面有前天吃剩的白飯。火腿和雞蛋是鐘點女傭買的。

我用火腿、雞蛋、蔥花和兩茶匙的蝦醬炒了一碗飯給他。

「好香！」他說。

他把那碗飯吃光。

「很好吃，想不到加了蝦醬的炒飯是那麼好吃的。」

他的嘴角還粘著一粒飯。

「我想搬出去住。」我跟他說。

「什麼？」他不大相信自己的耳朵。

我把那只碗拿到廚房裡洗。

「我無法再留在你身邊。」我告訴他。

「妳是不是愛上了別人？」他站在廚房外面問我。

我在洗碗盆前面的一扇窗看著你住的地方。

「他是什麼人？」

「我沒有跟其他男人一起。」

「那是為什麼？」他鍥而不捨地追問。

我應該怎樣回答他？連我自己都不知道為什麼。

我只是覺得，我愛一個男人，就不能給另一個男人抱，縱使我愛的男人並不愛我，我仍然要忠於自己的感覺。

他哀哀地望著我。

「讓我冷靜一下好嗎？」我懇求他。

他沮喪地走進睡房。

我在廚房裡坐了一個晚上，直到天亮。

政文再次站在廚房外面，穿上昨天的那一套西裝。

「我要出去。」他說。

「哦。」我應了一聲。

「妳什麼時候搬出去？」

沒想到他會這樣問我，他一定很恨我，惠絢說得對，他是一個輸不起的人，為了避免輸，他寧願首先放棄。

「明天。」我低著頭說。

「妳會後悔的。」他說。

他出去了，晚上也沒有再回來。

一夜之間，我從一個別人以為很幸福的女人，變成一個一無所有的人。

我站在陽台上直到天亮。

雨不停地下著，我已經看不見你的那一扇窗。

那個早上，我離開薄扶林道，搬到布藝店的閣樓。

閣樓只有百多呎，孤燈下，我睡在沙發上，那盆櫻草又長出新葉了，但是這一扇窗，再看不到星星。

我告訴惠絢我離開了政文，走的時候，只帶走那一座電暖爐和幾件衣服。

「妳看妳為什麼弄成這個樣子？」她跑來閣樓找我。

我沒有後悔，離開政文，是一種解脫，我曾經以為他是陪我走到世界盡頭的人，原來他不是。

「妳本來住差不多二千呎的地方。」惠絢說。

我倚著抱枕說：「可惜這扇窗看不到星星。」

「妳太任性了。」

惠絢看到我在馬德里買的那塊手燒瓷磚。我把它帶在身邊。

「就是為了他？他喜歡的是另一個人。」

「我知道，不用告訴我。」

「妳是不是在作夢？」惠絢沒好氣地問我。

「妳就當我在追尋一個遙不可及的夢吧，而這個夢最好永遠不要醒來。」

夜裡，孤燈下，我提筆寫信給你。

雲生：

這一扇窗，再看不到星星。

星星好像很擠擁，實際的距離卻很遙遠。

天文學家說，星星的擠擁度等於在歐洲大陸放三隻蜜蜂。

為什麼是三隻而不是兩隻？如果是兩隻，會不會簡單得多？

蘇盈

雖然不知道是否還可以把抱枕送給你，我還是縫了第二個抱枕。

我把信藏在抱枕裡，這個抱枕是用白色格子布造的，配上三顆西梅色的鈕扣。

那天晚上，徐銘石突然來到閣樓，把我嚇了一跳。

「妳為什麼會在這裡？」他問我。

「我出走。」
「出走？」
「從一段消逝了的愛情逃出來。」
「什麼時候發生的？」
「你去了青島的那一天。」
「楊政文沒有來找妳嗎？」
「他不會的，他不會原諒我。」
「這裡怎麼可以住？」他憐惜地說。
「這裡很好啊。以前住的房子太大，反而覺得寂寞。」
「我替妳找個地方暫時住著。」
「不用了，住在這裡，上班一定不會遲到。」我笑說，「這麼晚了，你為什麼會回來？」
「剛下機，經過這裡，看到閣樓有燈，以為妳忘了關燈。」
「生意談得成嗎？」
「很好呀，遲些還要再去青島。」

「我從來沒去過青島，我也想去。」

「下個月要到那邊開會，一起去吧。肚子餓嗎？要不要出去吃點東西？」

「不用了，你回去睡吧，你的樣子很累。」

「是嗎？」他微笑說。

「一個人的時候，你有沒有想起周清容？」

「在青島的時候也曾想起她。」他惆悵地說。

「那為什麼要分手？」

「那妳為什麼要跟楊政文分手？」他反問我。

我不好意思坦言我愛上另一個人。

「我們的理由也許不一樣。」我說。

「那就不要問了。」

兩星期過去，政文沒有找我，你也沒有再來燒鳥店。正如惠絢所說，我什麼也沒有了。

在閣樓的日子，愈來愈黯淡。

這一天晚上，我在附近買了一個飯盒，回去的時候，政文已經坐在閣樓上等我，他的樣子很憔悴。

「你怎樣進來的？」

「惠絢給我鑰匙。」

我放下飯盒，沒想到他會來找我。

他從來不是一個願意低聲下氣的人。

「這個地方怎能住？」他挑剔地說。

我打開飯盒開始吃，我的肚子實在很餓。

「妳還要在這裡待多久？」

他以為我只是一時想不通走出來。

「我們的距離愈來愈遠了。」我坦白地說。

「妳是我最愛的女人，妳還想怎樣？」他難過地問我。

「你回去吧。」我低著頭說。

「這個遊戲妳玩不起的。」

「是的，是貪婪與恐懼的平衡。」
「妳想要什麼？」
「你就當我在追尋一個遙不可及的夢吧，其實我也很害怕。」
「我們結婚吧。」他緊緊地抱著我。
我嗆著喉嚨，咳得很厲害。
「謝謝你，但我不能夠給你幸福。」我難過地說。
「妳會後悔的。」他放開我。
他走了，我對著面前的飯盒泣不成聲。離開政文以後，我還是頭一次哭得這麼厲害。
我像一個壞孩子，明知自己幸福，卻偏偏要親手破壞它。
但是，我沒想過後悔。
我既然對愛貪婪，就必須承受那份將會失去一切的恐懼。
我在空中走鋼索。
政文沒有再來找我。

天氣炎熱的一個黃昏，你竟然抱著一袋星星出現。

「杜小姐說妳在這裡。」你靦覥地說。

「什麼事？」我壓抑著心中的激動問你。

我沒想過還可以見到你。

「那天對妳這麼凶，對不起。」你慚愧地說。

「是我不對。」

你搖頭說：「我不應該對女士這麼無禮。」

你從口袋裡拿出一個用絲帶綑著的透明膠袋來，裡面有好幾十顆五顏六色的星星貼紙。

「這是什麼東西？」

「專程來道歉，總不能兩手空空吧。這些星星吸收了光源之後會發光，把它貼在天花板上，把燈關掉，星星就會不斷地閃亮，妳說過喜歡看星星，我就送給妳。」

你把星星放在我手上。

「謝謝你。」

「好了，不妨礙妳工作，我走了，再見。」

「再見。」我目送你離去，忽然想起我有一樣東西要交給你。我跑上閣樓，拿起抱枕追出店外。

「秦醫生——」

你站在斜路下面回頭望我。

「你的抱枕——」我說。

「又有碎布啦？」你笑說。

你走上來，我往下走，在熙來攘往的人群裡，我把抱枕塞在你懷裡，隔著抱枕擁抱著你。

「我是不是很傻？」我問你。

你沒有回答我。

如果沒有抱枕，我一定沒有勇氣抱著你。

「我明天要去青島。」我告訴你。

「哦。」你傻呼呼地應了一聲。

「回來再見。」我愉快的跟你揮手道別，轉身跑上斜路。

我還是頭一次，首先主動抱著一個男人。

你沉厚的肩膊，如同一個溫柔的抱枕，接住了我在這些日子以來的恐懼和失落。我不住的往上跑，不敢回頭望你，恐怕那一刻的歡愉會在回頭之際失去。

夜裡，我把星星一顆一顆的貼在天花板上，沒想到在這個閣樓裡，還能看到星星。

據說整個宇宙的星星總共有一千億的一千億倍顆，但我所能夠看到的最漂亮的星星，就是這一刻，停留在我的天花板上的星星。

我怎可能後悔呢？

第二天，我和徐銘石起程到青島，一抵達，我已經歸心似箭，催促他快點把工作完成。

「妳的心情好像很好。」他說。

是的，我無法掩飾心裡的歡愉。

青島是個很漂亮的地方，你也應該來一趟。

這一天早上，忽然灑下一陣雨，我真想告訴你，青島正在下雨。我在街上打電話到醫院找你。

「喂——」你拿起聽筒。

「青島在下雨。」我愉快地告訴你。

你沉默。

「是不是正忙著？打擾你，對不起。」我尷尬地說。

「我想，妳誤會了。」你說。

我抱著話筒，難堪得無地自容。

我聽到護士在叫你。

「對不起，打擾你。」我匆匆掛斷電話。

原來那天你在斜路上的微笑，不過是在嘲笑我。

青島的雨連綿不斷，我和徐銘石躲在酒店裡，我喝了很多燒酒。

「為什麼心情一下子又變得這樣壞？」徐銘石問我，「是愛上了別人，還是被別人愛上了？」

「我沒有被人愛上。」我把下巴擱在酒瓶上。
「那就是單戀囉。」
「你有試過單戀別人嗎？」
「單戀是很孤單的，像睡在一張單人床上。」
「我睡的只是一張沙發，比單人床更糟。」
「妳喜歡他什麼？」
「你為什麼不先問我他是誰？」
「還用問嗎？從妳在馬德里買下那塊手燒瓷磚那天開始我便猜到。」
「真的要說出理由嗎？」
「也不一定有理由的，單戀比相戀更不需要理由。」
「是嗎？」
「單戀是很偉大的，我愛她，她不愛我，我願意成全她。」
「總希望有一天他能夠望我一眼吧？怎可能無止境地等待？」
「那妳還沒資格單戀。」
終於，我在青島多留了三天才離開，不想回來，因為害怕面對。你知道嗎？我從來未試過這樣被人拒絕。

我回到我的閣樓，不知道是不是因為一個星期沒回來，沒拉開窗簾，也沒開燈，天花板上的星星變得黯淡。

我連忙亮起閣樓的燈，讓星星吸收光源，我站在沙發上用電筒將星星逐顆逐顆的照亮，這樣花了一個晚上，星星又再閃亮，大概只有傻瓜才會用電筒去照亮星星。

你為什麼送我星星，我誤會了什麼？

我不甘心。

我到銅鑼灣去買點東西，那幅巨型海報仍然掛在百貨公司的外牆上，隨風飄揚，每個路人都向它行注目禮。

在你和阿素的盟約面前，我不過是個毫不相干的局外人，怪不得你說我誤會了。

回到燒鳥店，已經差不多打烊了。

「回來啦！不是說上星期回來的嗎？」惠絢問我。

「秦醫生有沒有來過？」

惠絢搖搖頭。

「妳的聲音很沙啞。」她說。

「在青島喝了很多燒酒。」

我的喉嚨像火灼一樣，都是因為你。

「我見過楊政文。」

「他怎麼樣？」

「妳知道，他總是裝得很強的。那天，兆亮約了他吃飯，本來他們要到外面去的，我說妳不在香港，他才肯來這裡。」

我把車鑰匙和家裡的門鑰匙交給惠絢，「妳替我交給政文。」

「妳真的不回去了？」

「我是不是很殘忍？」

「愛情本來就是很殘忍的。」

「我以前不知道。」

「因為妳一直只有楊政文一個男人，妳躲在溫室裡，怎知道外面是殺戮戰場？」

我在惠絢的眼裡發現淚光。

「妳沒事吧？」

「妳記得我說過嗎？治感冒最有效的方法是把妳冰冷的腳掌貼在妳心愛的男人的肚子上二十四小時。」

「記得。」

「他是我在認識康兆亮之前的一個男朋友，這個方法是他教我的。」

「妳從來沒跟我提過。」

「太難堪了。我和他一起的時候，他對我很好，那時我家裡的環境不太好，一次，銀行戶口真的沒錢，我向他借了三千元。六個月之後，他突然提出分手，他說跟我相處不來，我很傷心，那天晚上，我和他做愛，我以為這樣可以留住他，第二天早上，在床上，我躺在他身邊，他跟我說，我欠他的那三千元，方便的時候就還給他。」

「太差勁了，在那個時候還能跟妳說錢。」

「我拿到薪水，立刻就還給他，愛情是很殘忍的，當他不愛妳，妳連三千元都不值。雖然他那樣壞，我卻懷念他，是他給我上了人生的一課。如果我是妳，我不會放棄楊政文，不會放棄唾手可得的東西，去追尋一個遙不可及的夢。」

「妳愛康兆亮嗎？」

「我知道即使我欠他的是三百萬，分手的時候他也不會問我要。」惠絢笑說。

「如果是三千萬呢？」

「那就很難說。愛情總有個最低消費和最高消費，不是每個人都肯付最高消費的。」

「最高消費不該是個數字。」我不同意。

「為什麼不？我們生命中最重要的東西，比方說，青春、脈搏、呼吸、血壓、膽固醇、肝功能，都是一個數字，愛情當然也是一個數字，大家把心中的最高消費拿出來比較，就知道哪一個愛得更多。」

「我沒設定最高消費。」我說。

「進入賭場下注之前，沒規定自己輸了多少就要離場的那種人，通常是輸得最慘烈的。」

雲生，我知道，我將會輸得很慘烈，愛你是一件我消費不起的事。

離開燒鳥店，回到我棲息的閣樓，電話鈴聲響起，我拿起話筒，是你的聲音。

「什麼事？」為了自尊，我冷冷地問你。

「妳回來啦？」你問我。

「剛剛到。」

「那天真是對不起，妳打來之前，剛好送來了一批集體中毒的病人，所以有點混亂。」

我竟然已經開始原諒你。

「是我誤會了。」我嘴巴仍然硬，「不好意思。」

你良久不說話。

「妳的聲音有點沙啞。」

「是的，喉嚨有點不舒服。」

「我送藥來給妳好嗎？不收費的。」

我失笑，我又輸給你了。

我在閣樓的窗前等著你來。

你來了，我從閣樓跑下來開門給你。

你傻呼呼地站在那裡，從口袋裡拿出一袋準備給我的藥。

「每四小時服一次，每天服三次。」你以醫生的口吻說。

「上來看看。」我帶你到閣樓。

「妳一直也住在這兒？」你驚訝。

「是最近的事。」我拿走沙發上的枕頭和被子，「隨便坐。」

書桌上的那塊手燒瓷磚，給你發現了。

「我在馬德里買的。這個女病人，像不像我？我覺得這個醫生很像你，他的頭髮跟你一樣，茂密而凌亂。」

你不知道說什麼好。

「妳先吃藥吧。」你說。
我倒了一杯水，把你給我的藥拿出來，裡面總共有四種藥。
「這麼多？」
「我不知道妳有沒有發熱，所以帶了退燒藥來。」
我用手摸摸自己的額，「這樣不知道是不是發熱？」
你把右手放在我微溫的額上，說：「是有一點發熱。」
你的聲音在顫抖。
我伏在你胸前，這一次，我們之間，再沒有抱枕。
第一次碰到你時的情景，再一次浮現在我的腦海。
雲生，是否我們都在尋找一份久違了的溫柔？

蘇盈

等待，原來是一種哀悼

原來你的等待，是一種哀悼。
怪不得你說，等待，
並不是為了要等到那個人出現。

雲生：

一個人在展覽館跑了一天，眼花撩亂。在一個攤位上，我碰到了四年前在這個場館裡認識的一個法國女孩。四年前，我、徐銘石和她，談得很投契，晚上還一起去吃漢堡牛排，回到香港之後也經常通電話。後來，她離開了那間布廠，聽說是瘋狂地戀愛去了。

沒想到今年又碰到她。

我們熱情地擁抱。

女孩叫阿芳。

「妳的夥伴呢？」她問我。

「今年只有我一個人來。」

「今年的天氣壞透了。」她說。

她揚起一塊布給我看，是一塊湖水綠色的絲綢，漂亮極了。

「用來做窗簾太浪費，該用來做婚紗，這樣才夠特別。」她把布搭在我的肩上。

是的，那將是一件別致閃亮出塵脫俗的婚紗。

展覽館關門後，我和阿芳一起去吃飯。

「我結婚了。」阿芳說。

「恭喜妳。」

「又離婚了，所以回到布廠裡工作。」她說，「現在我跟我的狗兒相依為命，妳跟誰相依為命？」

我怔怔地望著她，答不出來。

我們在餐廳外分手，我走在雪地上，終於想到，與我相依為命的是回憶，是你給我的回憶。

那天晚上，我在閣樓的窗前看著你的背影消失在孤燈下。

別再說我誤會。

「那不是很好嗎？」惠絢說，「真沒想到進展那樣神速，我猜他早就喜歡妳。」

只是，我心裡總是記掛著，你在六十五支竹籤裡抽到最短的一支，你終於會與你等待的人重逢。

那時候，我該站在一旁為你們鼓掌，還是躲起來哭？

我在為你縫第三個抱枕。

第三封信也放在這個用深藍色棉布做的抱枕裡。

雲生：

有沒有一個遊戲，叫「後悔的遊戲」？

如果有的話，那一定是我跟你玩的那個竹籤的遊戲。

我不知道那預言什麼時候會實現。

也不知道當它實現時，我能否衷心地祝你幸福，忘記你在孤燈下消失的背影，忘記在某個寂寞的晚上，你曾給我的溫柔。

蘇盈

那天晚上，我帶著抱枕，到醫院找你。

「妳在這裡等我一下，本來應該下班了，但是接班的人還沒來，有個小孩剛剛被送進來，要做手術。」你說。

「什麼手術？」

「他在路邊吃串燒時，不小心跌倒，竹籤剛好插進喉嚨裡。」

為什麼又是竹籤呢？

「我很快回來。」你匆匆出去。

我喜歡看到你趕著去救一個人的性命的樣子。

我坐在你的椅子上，拿起你的聽診器，放在自己的胸口上，聽自己的心跳，戀愛的心跳聲好像特別急促和嘹亮。

一個穿白袍的年輕女子突然走進來，嚇了我一跳，我連忙把聽診器除下來。

她看到我，有點意外，冷冷地問我：

「秦醫生呢？」

「他出去了。」我站起來說。

她抱著一隻金黃色的大花貓，那隻貓的身體特別長，長得不合比例，像一個拉開了的風琴。

她瞄了瞄我，然後熟練地把貓纏在脖子上，那隻怪異的貓像一條披肩似的，繞過她的脖子，伏在她的左肩上，好像被她的美貌馴服了。

找不著你，她與貓披肩轉身出去了。

我看得出她和你的關係並不簡單。

在你的辦公室等了三十分鐘，我走出走廊，剛好看到你跟她在走廊上談話。

她安靜地聽著你說話，乖乖地把兩隻手放在身後，跟剛才的冷漠，彷彿是兩個人。那隻怪異的貓回頭不友善地盯著我。

道別的時候，她回頭向你報以微笑。

「對不起，要妳等這麼久。」你跟我說。

「竹籤拿出來了沒有？」

「拿出來了。」

「那小孩子怎麼樣？」

「他以後也不敢吃串燒了。」你笑說。

「那隻貓很奇怪。」我說。

「哦，是的，本來是醫院外面的一隻流浪貓，牠的身體特別長，可以放在脖子上打個結。妳手上拿著些什麼東西？」

我把抱枕從手提袋裡拿出來。

「又有碎布啦？」你微笑說。

你在臉盆洗了一把臉。

「如果太累的話，不要出去了。」我說。我在想著那個穿白袍的女子。

「不，今天是妳的假期嘛。」你脫下白袍，換上外套，問我：「去看電影好嗎？」

在醫院停車場，又碰到剛才那個女人，她正開著一部小房車準備離開，貓披肩乖乖地伏在她大腿上。她揮手跟你道別，雖然我站在你旁邊，她連看都沒有看我一眼。

「要看什麼電影？」在車上，你問我。

「隨便吧。」我說。

在那個漂亮的女人面前，我突然覺得自己很渺小。原來我的對手並不是只有阿素一個人。

在電影院裡，你睡著了。

你送我回去的時候，我把你給我的鑰匙從皮包裡拿出來。

「差點忘了還給你。那天要到你家掛窗簾布，你交給我的。」

「哦。」你把鑰匙收下。

你竟然不說「妳留著吧」。

我以為你會這樣說的。

我難堪地走下車，匆匆跑上我的閣樓，那是我的巢穴。

「嗨！」你在樓下叫我。

我推開窗，問你：「什麼事？」

你拿著鑰匙，問我：「妳願意留著嗎？」

我真恨你，你剛才為什麼不說？

「留著幹嘛？」我故意跟你抬槓。

你為難地望著我。

「拋上來吧。」

你把鑰匙拋上來，我接住了。

擁有一個男人家裡的鑰匙，是不是就擁有他的心？

那天，我和惠絢去買口紅。

我拿起一支櫻花色的口紅塗在唇上，這是那個女子那天用的顏色。

「他喜歡這個顏色嗎？」惠絢問我。

「希望不是吧。」

「那妳為什麼要買？」

因為我要跟那個櫻花白的女子競豔。

真傻是吧？

「穿著白袍，可能是個醫生。」惠絢一邊試口紅一邊說，「妳為什麼不問他她是誰？」

「那樣太著跡了。」

我望著鏡子，我的頭髮還不過留到肩上。

「有令頭髮快點生長的秘方嗎？」我問惠絢。

「有。」

「真的？」

「接髮吧。」

「我是說真髮。」

「他喜歡長髮，對嗎？」

「不，只是我覺得還是長髮好看。」

我放下那支櫻花色的口紅，我還是喜歡甘菊色，那種顏色比較適合我。

「政文近來好嗎？」我問惠絢。

「他還是老樣子，在身邊已經八年的人，忽然不見了，任誰也不能習慣，但是妳知道，他是不會認輸的。」

「希望他快些交上女朋友，這樣我會比較好過。」

「還沒有呢，今天晚上我們約好了在俱樂部吃飯。」

我和惠絢在百貨公司門外分手，康兆亮會來接她，我不想碰到康兆亮。

從前，我們總是四個人一起吃晚飯，這些日子過了好多年。今天，我選擇了獨自走另一條路。

是有一點孤清，你能體會嗎？

我買了許多東西到你家裡，又替你重新收拾一次，換上新的床單和枕袋。

這樣收拾了一個下午，竟然驅走了一點孤清的感覺。

那三個抱枕歪歪斜斜地放在沙發上。

也許你永遠不會知道裡面的秘密。

我坐在沙發上，等你下班。一張沙發最好的用途，就是讓女人坐在上面等她的男人回家。

等你回家的感覺，你知道是多麼幸福的嗎？

九點多鐘，你從醫院回來了。

「回來啦？」我揉揉眼睛，「我剛才睡著啦。」

「不好意思，如果在外面吃飯，妳便不用捱餓。」

「不，我答應了煎牛排給你吃嘛。你還沒吃過我煎的牛排。」

「廚房裡好像什麼都沒有。」你抱歉地說。

「我都買來了。」我把香檳從冰箱拿出來，「你看，香檳我都準備好了，我們用牛排來送酒，別用藥送酒。」

你莞爾。

「你先去洗個臉。」我說。

我在廚房裡切洋蔥。

「切洋蔥時怎樣可以不流淚？」你問我。

「不望著它就行了。」

不望著會令你流淚的東西，那是唯一可以不流淚的方法。

當我想哭時，我就不望你。

我把兩塊牛排放在碟上，情深款款地望著它們。

「妳幹什麼？」你問我。

「燒鳥店的阿貢教我的，令食物好吃的方法，就是要愛上它。」

「妳愛上了它沒有？」

「愛上了。」我抬頭望著你。

「我去洗個臉。」你迴避我的目光。

「我愛你。」我告訴牛排。

你還有什麼不能夠放下？

是阿素嗎？

「很好吃。」你一邊吃牛排一邊說。

「謝謝你。」我滿足地看著你。

這個時候，有人按門鈴，你去開門，站在門外的是那個在醫院裡跟你說話的女人。

「你有朋友在嗎？」她問你。

「是的。」你讓她進來。

她好像在來這裡之前已喝了很多酒，歪歪斜斜地坐在椅上。

「讓我來介紹。」你說，「這是蘇盈，這是孫米白。」

孫米白老實不客氣地拿起你的叉子吃牛排，又喝掉你杯裡的香檳。

「她是你的新女朋友嗎？」她當著我面前問你。

你沒有回答她。

你知道我多麼的難堪嗎？

「今天很熱啊。」她把鞋子脫掉。

「我可以在這裡睡一會嗎？」她問你。
「我送妳回家。」你說。
她猛力搖頭，逕自走進你的睡房，倒在你的單人床上。
她竟然睡在你的床上。
「她是醫生嗎？」我問你。
「是醫院化驗室的同事。」
「她是你以前的女朋友嗎？」
你搖頭。
「是現在的女朋友？」
你失笑：「怎會啦？」
你剛才不承認我是你的女朋友，我又憑什麼問你她是誰呢？也許她跟我一樣，不過是你眾多仰慕者之一。
「我把東西洗乾淨就走。」我站起來收拾碟子。
「不用了，讓我來洗。」
「那我走了。」

「我送妳回去。」
「不用了，你有朋友在這裡。」
我不望你，免得望著你我會哭。
「不，我送妳。」你拿起車鑰匙陪我離開。
她是什麼人，可以霸佔你的家？

在車上，我默默無言，我放棄了熟悉的人，來到你身邊，你身邊的一切，對我來說，卻是這樣陌生。我一點安全感也沒有。
「妳要去哪裡？」你問我。
「回家。」我說。
那是我僅餘的安全感。
你默默開車送我回去。
剎那之間，你好像離我很遠。
「對不起。」你說。
「什麼對不起？」我裝著沒事發生，雖然我知道瞞不過你。

「她是阿素的妹妹。」你說。

我怔住。

「是個很任性的女孩子。」

「那你應該知道阿素的消息。」

你搖頭：「她們不是一起生活的。阿素跟著媽媽生活，她跟著爸爸生活。」

「她總會知道一點消息吧？」

「阿素經常到處去。」

「阿素一定長得很漂亮吧？她妹妹已經這麼漂亮了。」

你沒有回答我。

即使阿素永遠不回來，你仍然活在她的世界裡。

我望著你，好想問你，你的世界裡，這一刻，有沒有我？

但是我又憑什麼這樣問呢？

「她看來很喜歡你。」

「她有很多男朋友呢。」

我很難相信你對她一點也不動心，看她那副樣子，你只要點一下頭，她就會倒在你懷中。

「謝謝你送我回來。」我說。

「謝謝妳讓我吃到那麼美味的牛排。」

「再見。」我走下車。

你的世界，根本沒有我。

你走下車，陪著我開門。

「你要去哪裡？」我問你。

「不知道，回去醫院吧，那裡有地方可以睡。」

我突然又心軟。

「要進來坐嗎？」

你搖頭：「不打擾妳了。」

我走上閣樓，你回到你的車上，我突然發覺，我從不了解你，我們是那樣陌生，有著一段距離。

你沒有因為我而忘記阿素，也許永遠不會。

「能出來一下嗎？」我打電話給徐銘石。

我們約好三十分鐘後在附近的酒吧見面。

徐銘石匆匆趕來，問我：「什麼事？」

「只是想找人聊天。」

他來了，我卻垂頭喪氣，說不出話來。

「我替妳找到一間房子。」他說，「我的房東太太在蒲飛路還有一間房子，租客剛剛退租。」

「我沒想過租房子。」

「總不成一輩子住在布藝店裡吧？那裡連一張床也沒有，我去看過了，那間房子在三十四樓，很不錯，租金也很合理。現在就可以去看看。」

「現在？」我看看手錶，「十二點多鐘了。」

「不要緊，我有鑰匙，現在就去。」

那是一幢新的大廈，房東太太的單位在三十四樓，面積六百多呎，客廳有一列落地玻璃，可以看到整個西區的風景。

我站在窗前，竟然看到你住的地方。

西環最後的一間屋，頂樓有燈光。

「我要這個地方。」我跟徐銘石說。

「妳不先問問租金多少嗎？」

「有什麼關係呢？我喜歡這裡。什麼時候可以搬進來？」

「真好笑，突然又這樣心急。」

我伏在窗前，像從前一樣，遙望你住的地方，我喜歡可以這樣望著你，知道你在某個地方。

雖然這天晚上我不知道你在哪裡。

凌晨四點多鐘，你打電話來給我。

「有沒有吵醒妳？」你溫柔地問我。

「我剛剛睡著了。」我告訴你。

「對不起。」

「不要緊。」我幸福地抱著電話。

「我在醫院裡。」

你彷彿要告訴我，這一晚你一直待在醫院，沒有回家。

「嗯。」我輕輕地答你。
「不打擾妳了。」你說。
「不，我也睡不著，我遲些要搬了。」
「搬到什麼地方？」
「蒲飛路。」
「我們很近啊。」你說。
是很近，還是仍舊很遠？
「你睡不著嗎？」我問你。
「我已經把自己訓練得什麼時候也可以睡著。」
「你還沒有忘記她嗎？」
你沒有回答我。

房東找人把房子翻新一下，她說大概需要一個星期。
這個星期，我已急不及待為新居添置東西。
把手燒瓷磚拿去裝裱時，經過一間義大利燈飾店，我被裡面一盞玻璃吊燈吸引了視線。那盞吊燈，半圓形的燈罩是磨砂玻璃做的，當燈亮起時，溫柔的燈光把整間燈飾店都浮起來。

我看看價錢牌，售價是我半個月的租金，我捨不得買。

「這盞吊燈，我們只來了一盞。」年輕的男店員說。

「可惜價錢很貴啊。」

「但是真的很漂亮。」他說。

「還是不要了。」

我正想離開時，他對我說：「這盞燈是有名字的。」

「燈也有名字的嗎？」我回頭問他。

「是這盞燈的設計師給它的。」

「它叫什麼名字？」

「『恩戴米恩的月光』。」

為了名字，我把燈買下來。

恩戴米恩是神話裡的人物，有人說他是國王，但是大多數人都說他是牧童。恩戴米恩長得俊美絕倫，當他看守羊群的時候，月神西寧偶然看到他，愛上了他，從天而降，輕吻他，躺在他身旁。

為了永遠擁有他，月神西寧使他永遠熟睡，像死去一樣躺在山野間，身體卻仍然溫暖而鮮活。

每一個晚上，月神都會來看他、吻他。

恩戴米恩從未曾醒來看看傾瀉在自己身上的銀白的月光。癡情的月神永恆地、痛苦地愛著他。

你就是我的牧童，可惜我不曾是你的月光。

晚上待在燒鳥店，你好幾天沒有找我了。

那天晚上，特意打電話來告訴我，你沒有跟孫米白一起，不是為了讓我安心嗎？為什麼又不理我？

「我是不是在追求他？」我問惠絢。

「這樣還不算追求，怎樣才算？」她反問我。

真令人難堪。

我在安慰自己，你不找我，因為你很忙。

況且，你也不一定要找我。我們之間，並沒有什麼不能不見的盟誓，對嗎？

入伙那天，徐銘石和惠絢來替我搬家。

上一次搬家，是和政文搬到薄扶林道，那天很熱鬧，政文、康兆亮、惠絢和我，四個人忙了一整天。

今天，冷清得多了。

「他好歹也應該來替妳搬家，不然，怎樣做妳的男朋友。」惠絢一邊替我拿棉被一邊說。

「他還不是我的男朋友。」我接過她手上的棉被說。

「從這裡看出去很漂亮。」惠絢站在窗前說。

「可以看到西環最後一間屋。」我說。

在地圖上，我這裡與你那裡，距離只有九百公尺，比以前更近。

「原來是這樣。」惠絢說。

徐銘石替我把燈懸掛在床的上空。

「很漂亮的燈。」他說。

「它有名字的，叫『恩戴米恩的月光』。」我說。

燈亮了，整張床浮起來，訴說著一個癡情的故事。

夜裡，我把你送給我的星星貼在天花板上。

我看到你的家裡有燈，你是一個人嗎？

我立刻打電話給你。

「回來啦？」我問你。

「你怎知道我回來？」你愕然。

「你通常都是這個時間下班吧。」我撒謊。

「這幾天好嗎？」你問我。

「我搬家了。」

「新居怎麼樣？」

「有興趣來吃一頓飯嗎？」

「好呀，妳煮的東西那麼好吃。」

「明天晚上有空嗎？」

「明天剛好不用上班。」
「那就約好明天。」
黃昏，我匆匆離開布藝店，準備我們的晚餐。
你在八點半鐘來到。
「要不要參觀一下？」
「這盞吊燈很漂亮。」你說。
「它叫『恩戴米恩的月光』。」
「它有名字的嗎？」
「我是為了名字才買它。」
「是不是那個神話裡的牧童？」
「你也知道那個神話嗎？」
「他一直都在山野間熟睡，像死了一樣。」
「他沒有死，他是被深深地愛著。」
「是的，他沒有死，他被深深地愛著。」你說。
我把晚餐端出來。

「這裡是不是可以看到西環？」你站在窗前問我。

我怎能告訴你我是為了這裡能望到西環而搬進來？

「我想是吧。」

看著你津津有味地吃我做的羊肋排，我突然覺得很幸福。

「一定有很多男孩子喜歡妳，妳做的菜那麼好吃。」你說。

「什麼意思？」我心裡竟然有些生氣，你這樣說，是不是說你不喜歡我？

「沒什麼意思的。」你向我解釋。

這個時候，你的傳呼機響起。

「會不會是醫院有急事？」

「電話號碼不是醫院的。」

你撥出電話，我偷看你的傳呼機，是孫小姐找你，一定是孫米白。你放下電話，抱歉地對我說：

「對不起，朋友有點事，我要去看看她。」

「是孫米白嗎？」

「她在男朋友家喝醉了酒，鬧得很厲害。」

「她有男朋友的嗎？我還以為她的男朋友是你。要我一起去嗎？有個女孩子會方便一點。」

「也好。」

想不到你會答應。

我們來到清水灣，孫米白早已經拿著一隻皮箱在一間平房外面等我們，貓披肩伏在她的肩膊上。

「妳為什麼會來？」孫米白問我。

「剛才我們一起吃飯。」我故意告訴她。

她搶著坐在司機位旁邊，把皮箱扔給我。

「妳又喝醉了。」你跟她說。

你對她的關心，很令我妒忌。

「妳給男朋友趕出來啦？」我故意氣她。

她冷笑，說：「那隻皮箱不是我的。」

「那是誰的？」你問她。

「是他的，他最珍貴的東西都放在裡面，他的護照啦、畢業證書啦、他死了的媽媽編給他的毛衣啦，都放在裡面。他惹我生氣，我就把他的東西帶走。」

「太過分了。」你責備她。

「停車。」

她下車，把皮箱拿出車外，扔到山坡下面，皮箱裡的東西都跌出來了。

「裡面有他死去的媽媽為他編的毛衣呢。」你罵她。

「他說可以為我做任何事，他說無論我怎樣對他，他都會原諒我，扔掉他的東西又有什麼關係？」

我還是頭一次看到這麼驕縱的女子。

你什麼也沒說，拿了電筒，爬到山坡下面替她把扔掉的皮箱找回來。

「很危險的。」我說。

她望著我，露出驕傲的神色，彷彿要向我證明，你願意為她冒險。

你在山坡下找到那隻皮箱，手卻擦傷了，正在流血。

「你的手在流血。」我說。

「沒關係。」

你把皮箱放在車上，開車回去那間平房。

「回去幹什麼？」她問你。

「把皮箱還給他。」你吩咐她。

她乖乖地把皮箱拿進屋裡。

我用紙巾替你抹去手上的血。

「謝謝妳。」

「你為什麼對她那樣好？」

你沒有答我。

「因為她是阿素的妹妹，對嗎？」

你低下頭，噤聲。

我知道你不會喜歡這麼驕縱的女子，一定因為她是你所愛的女人的妹妹。她也知道，所以在你面前那麼任性。

她從平房走出來，雙手放在身後，乖乖地跟你說：「還給他了。」

貓披肩也叫了一聲。

她上車，靜靜地在車上睡著。

「可以送我回去嗎？」我問你。

「當然可以。」

我知道，我還不是阿素的對手，我要立刻回去，躲進我的巢穴裡舐傷口。

「可以開快點嗎？」我催促你。

「妳沒事嗎？」你在高速公路上問我。

「沒事。」我努力地掩飾，「我突然想起我可能忘記關掉家中的水龍頭，請你儘量開快一點。」

你匆匆送我回家。

「謝謝你送我回來，再見。」

我並沒有忘記關掉水龍頭，我無法關掉的是我的眼淚。

我把「恩戴米恩的月光」關掉，我又不是月神，我那樣沉迷地愛你，真的不自量力。

明天，明天我要把你忘掉。

我儘量不站在窗前，我不要望著你住的地方。

我在布藝店裡忙著為青島那間新酒店訂購窗簾布。

我把貼在天花板上的星星撕下來，我要忘記你。

這一天，是政文的生日，惠絢和康兆亮要去為他慶祝。

「妳要來嗎？」惠絢問我。

「他不會想見到我的。」

「他仍然在等著妳回去他身邊。」

「不，他在等我後悔，但我不會後悔。」

「妳不是說要忘記秦雲生嗎？」

「是的。」

「妳根本無法忘記他。」

「他有什麼好處我不知道，但是他有一個很大的缺點，我是知道的。」

「什麼缺點？」

「他不愛我，這個缺點還不夠大嗎？」

「是的，是很大的一個缺點。」

惠絢走了，留下我一個人在燒鳥店，週五晚上的燒鳥店，客人很多，八點多鐘，還有人在等候。

忙碌也有好處，我可以不去想你。

三個星期沒見了，你突然出現。

「一個人嗎？」我問你。

你點頭。

「現在滿座，要等一下。」

「好的。」

我把你交給田田，不去理你。

不望你，是唯一可以不傷心的方法，請原諒我。

田田把你帶到後園。

我走過來問你：「要吃些什麼？」

「那天晚上，是不是忘了關水龍頭？」你問我。

「為什麼現在才問我？」我反問你。

你尷尬地望著我，有點不知所措。

「我真希望阿素快些出現。」我說。

你怔住。

「她才是你要的人，你一直也沒有忘記她。」

「她不會出現的。」

「為什麼？」

「她死了。」你說。

我愕住，「她什麼時候死的？」

「她五年前已經死了。」

「你是最近才知道的嗎？」

「我早就知道了。」

「但你不是一直在等她嗎？」

「是的，我在等她，那不代表她會出現。」你哀哀地說。

「她為什麼會死？你不是說五年前在這裡跟她分手的嗎？」

「那時候，醫院的工作很忙，我又忙著考專業試，因此疏忽了她，甚至一個月裡，只能跟她見一次面。我只是想著自己的前途，沒有想過她可能覺得孤單。

「那天，她跟我說，晚上會在這裡等我，如果我不出現，就永遠也再見不到她，她在電話裡哭著說要跟我分手。

「我本來是要值班的，為了見她，我懇求同事替我班。我悄悄溜出來，在花店買了一大束白色的雛菊，準備送給她，我以為她只是鬧情緒，哄哄她就沒事了。

「那天正下著雨，天氣很潮濕，我一個人坐在裡面，等了很久，也不見她來，我以為她仍然在生我的氣。我抱著那束雛菊，垂頭喪氣地回去醫院。

「經過走廊的時候，我看見一張放在走廊的病床上有一條用白布蓋著的屍體。在醫院，這是很平常的事，剛剛死去的病人，就是這樣放在走廊上，但是，那條屍體露出了一隻腳掌，那是一隻我很熟悉的腳掌——」

「到底發生什麼事？」

「她是跳芭蕾舞的，因為長期練習的緣故，腳背有一塊骨凸起來，跟平常人不同。我告訴自己，不可能的，她不可能會躺在這裡。我伸手去撫摸那隻腳掌，那隻腳掌很冰冷，那五隻腳趾是我很熟悉的，那一層包裹著腳掌的皮膚是我摸過的，不可能會錯。我放下雛菊，緩緩地拉開那塊蓋著屍體的白布，她閉上眼睛，抿著嘴唇，彷彿在埋怨我讓她覺得孤單——」

你在我面前流淚。

「她為什麼會死？」

「那天天氣很潮濕，她在舞蹈學校的更衣室裡洗澡，出來的時候，她赤著腳，踉蹌地跌了一跌，剛好撞倒更衣室裡的一塊玻璃屏風，整塊屏風裂開，玻璃碎片不偏不倚地割開她大腿的大動脈。那時更衣室裡只有她一個人，清潔女工進去打掃時才發現她，可是她已經流了很多很多的血。」

「她死得很慘。」我難過地說。

「她被救護車送進醫院，本來值班的我，因為溜出去見她，竟然不能親自救她；如果我沒有離開，她不會死的。我真的永遠也見不到她了，那束白色的雛菊，她也永遠看不到。」你哽咽。

看著你傷心的樣子，我不知道說什麼話，我還一直妒忌她。

「對不起，我不應該把你和她的故事拿來做廣告。」

「也許她會看到的。」你淒然說。

原來你的等待，是一種哀悼。怪不得你說，等待，並不是為了要等到那個人出現。

怪不得你說，她不會幸福。

怪不得你說，分手是因為下雨。

怪不得你說，牧童恩戴米恩沒有死，他被深深地愛著。

我望著你，難以相信五年來，你在這裡等的是一個不會出現的女人。

我很妒忌，妒忌她有一個這麼愛她的男人。

我的情敵已經不存在，我有什麼能力打敗她？跟她淒厲的死亡相比，我的一廂情願實在太令人難堪。

她不在世上，卻在你靈魂最深處，我就在你跟前，卻得不到你的深情。

為什麼會是這樣？我寧願你的過去不是一個這麼刻骨銘心的故事，否則我對你而言，只是平平無奇。

除非我也死了，對嗎？

「我是不是很傻？」你問我。

這句話，我不是也曾經問過你嗎？

打烊之後，我和你一起離開燒鳥店，在路上，我問你：

「你聽過長腳烏龜和短腳烏龜的故事嗎？」

你搖頭。

「那是一個非洲童話。一天夜裡，一個老人看到一個死去的月亮和一個死人。他召集許多動物，對牠們說：『你們之中有誰願意把死人或月亮背到河的對岸？』兩隻烏龜答應了。第一隻烏龜四隻腳很長，背著月亮，安然無恙到達對岸。第二隻烏龜四隻腳很短，背著死人，淹死在河裡。因此，死掉的月亮總能夠復生，死掉的人卻永遠無法復活。」
「謝謝妳。」你由衷地說。
「以後可以用來安慰病人家屬。」我笑說。
「是的。」
我望著你，咫尺之隔，卻是天涯。我雖然不願意，但是也應該放棄你，我不能忍受自己在喜歡的男人心中的地位排在另一個女人之後。
「要我送妳回去嗎？」你問我。
「不用了，我想自己走走，今天的月色很美。」我抬頭望著天上的圓月，它竟然有些淒清。
我竟然可以拒絕你。
那個非洲童話是我小時候在童話集裡看到的，它根本不是童話，童話不應該這樣傷感。
如果長腳烏龜背著的不是月亮而是死人，那將會是怎樣？
第二天，我跑到圖書館翻查五年前三月份的微型底片。

今年的三月的某一天，你說你是五年前的這一天跟她在餐廳分手的，事實那就是她意外死亡的一天。我從五年前三月一日的報紙著手，留意港聞版有沒有這一宗新聞。

我在三月二十二日的報紙上終於發現這宗新聞：一個年輕的芭蕾舞女教師在更衣室內滑倒，撞碎了更衣室內的一塊玻璃屏風，玻璃碎片把她左大腿的大動脈割斷，由於當時女更衣室沒有人，她受傷後失去知覺，倒在血泊中，一個小時後，一名清潔女工進來清潔更衣室時才發現她，報警將她送院。傷者被送到醫院之後，經過搶救無效，因為失血過多而死亡。

死者名叫孫米素，二十四歲，是一間著名芭蕾舞學校的教師。報上刊登了一幀她生前的生活照片。

穿著一襲白色裙子，長髮披肩的她，在東京迪士尼樂園跟一隻米奇老鼠相擁，還調皮地拖著牠的尾巴。

她跟孫米白長得很相似，個子比她小，雖然沒有她那麼漂亮，卻比她溫柔。

她跟你很登對。

我昨天才說過要放棄你，為什麼今天又去關心你的事情？
我在幹什麼？
我把微型底片放下，匆匆離開圖書館。

回去燒鳥店的路上，八月的黃昏很懊熱，街上擠滿下班的人，行色匆匆。生命短暫，誰又會用五年或更長的時間去等一個不會出現的人？
我以為我在追求一個遙不可及的夢，原來你比我更甚。
在一間花店外面，我看到一盆紫色的石南花。
在八月盛放的石南，象徵孤獨。
我所等的人，正在等別人，這一份孤獨，你是否理解？
我蹲在地上怔怔地看著那盆紫色的石南，一把熟悉的聲音在我身後響起。
「給我一束黃玫瑰。」
那是康兆亮的聲音。
當我站起來想跟他說話，他已經抱著那束黃玫瑰走向他的名貴房車。車上有一個架著太陽眼鏡的年輕女子，康兆亮愉快地把玫瑰送給她。

我應該告訴惠絢嗎？

回去燒鳥店的路上，又沉重了許多。

回到燒鳥店，惠絢愉快地打點一切。

「回來啦？妳去了哪裡？」她問我。

「圖書館。」

「去圖書館幹嘛？」她笑著問我。

我不知道怎樣開口。

「妳沒事吧？」她給我嚇倒了。

「沒事，只是翻了一整天的資料，有點累。」

「給妳嚇死了。」

我突然決定不把我剛才看到的事情告訴她。

在昨天之前，也許我會這樣做，但是昨天晚上，看著你，聽著你的故事，我知道傷心是怎樣的。

如果她不知道，也許她永遠不會傷心。

「秦醫生呢？妳和他到底怎樣？」惠絢問我。

「不是怎樣，而是可以怎樣。」我苦笑。

九點多鐘，突然來了一個我意想不到的人，是孫米白。

「雲生有來過嗎？」她問我。

我搖頭。

她獨個兒坐下來。

「要吃點什麼嗎？」

「有酒嗎？」

「妳喜歡喝什麼酒？」

「喝了會快樂的酒。」

「有的。」

我拿了一瓶「美少年」給她。

「妳是怎樣認識雲生的？」她問我。

「買電暖爐的時候認識的。」

「這麼多年來，妳是唯一在他身邊出現的女人。這樣好的男人已經很少了。」

「所以妳喜歡他？」

她望了我一眼，無法否認。

她的高傲和任性，好像在剎那之間消失了。

「我和姊姊的感情本來很好。」孫米白說，「父母在我十歲那年離婚，姊姊跟媽媽一起生活，而我就跟爸爸一起生活。媽媽是個很能幹和聰明的女人，但是離婚的時候，她選擇姊姊而放棄我，從那時開始，我就跟我姊姊比較，我什麼都要比她好。結果，我讀書的成績比她好，追求我的男孩子比她多，我長得比她漂亮。可是，她得到秦雲生，而且她死了，死了的人是最好的。」

「是的，雲生說，死亡和愛情同樣霸道，我現在明白他的意思了。」

「妳是不是很喜歡他？」孫米白問我。

我沒有回答她。

這是我的秘密，也是我的尊嚴。

「他也好像喜歡妳。」她說。

我不敢相信。

「五年來，妳是他第一個帶回家的女人。」

「是嗎？」

她望著我說：「其實妳也不是很討厭。」

「妳曾經覺得我討厭嗎？」我反問她。

「雲生喜歡妳，不代表他愛妳，他永遠不會忘記我姊姊，我和妳都只會是失敗者。」

本來我已經打算放棄你，但是孫米白的話，反而激勵了我。

「妳可以忍受在他心中的地位排在我姊姊之後嗎？」孫米白冷冷地問。

「雲生不是說過，死亡和愛情同樣霸道嗎？死亡和愛情的力量是一樣的，我可以給他愛情。」

「我可以為他死。」孫米白倔強地說。

「他不再需要一個為他死的女人，他不可能再承受一次這種打擊，他需要的是一個為他生存的女人。」

那一刻，我很天真地相信，我可以用愛改變你。

蘇盈

偽裝，只是一種姿態

男人偽裝堅強，
只是害怕被女人發現他軟弱。
女人偽裝幸福，
只是害怕被男人發現她傷心。

雲生：

在法蘭克福，已經是第三天。

早上起來的時候，星星在微笑。我忘了告訴你，我把你送給我的星星帶來了，貼在酒店房間的天花板上。因此，無論這裡的天氣多麼壞，我仍然能夠看見星星。

今天的氣溫比昨天更低了，我把帶來的衣服都穿在身上，脖子上束著那條有星星和月亮的絲巾，你說過好看的。

坐電車過河時，雪落在我的肩膊上，我本來想把它掃走，但是，想起我的肩膊可能是它的抱枕，它想在融掉之前靜靜哭一會，我就讓它。

在展覽館裡，我忙碌地在每個攤位裡拿布料樣本。

展覽館差不多關門時，我去找阿芳，她已經不見了。本來想找她一起吃晚飯，我只得獨自回去酒店。

為了抵禦低溫，我在餐廳裡吃了一大盤牛肉，又喝了啤酒。

這是我吃得最多的一天。

飯後不想回房間，便在酒店的商場溜達。

其中一間精品店，是一個德國女人開的。
我在貨架上發現一盞燈。
那是一盞傘形的玻璃罩座枱燈，燈座是胡桃木造成的。燈座上鑲著一個木製的年輕女子，女子坐在燈下，手上拿著針線和一個布造的破碎成兩份的心。上了發條之後，女人一針一線地縫補那個破碎的心。
太令人心碎了。
破碎的心也可以在孤燈下縫補嗎？
我看著她手上的針線，差點想哭。

「要買嗎？」女人問我。
我苦笑搖頭，告訴她：「我沒有一顆破碎的心。」
「那妳真是幸運。」女人說。
我奔跑回房中，是誰發明這麼一盞燈的？
一定是一個曾經心碎的人。
癒合的傷口永遠是傷口，破碎的心也能復原嗎？

我才不要買一件看到都會心碎的東西。

我躺在床上，一直睡不著，不知道是吃得太飽的緣故，還是因為那個在孤燈下縫補一顆破碎的心的女人。我爬起床，換上衣服，走到大堂。精品店裡，那盞燈依然亮著，女人淒然縫補著一個破碎的心。

「改變主意了嗎？」德國女人問我。

「不。」我又奔跑回房中，我還是不能買下它，我承受不起。忘了它吧。

那天晚上，孫米白離開之後，我告訴自己，我不會放棄你。我捨不得放棄。

愛情總是有個最高消費，我還不曾付出最高消費。

「妳曾經試過追求男孩子嗎？」我問惠絢。

「我不是說過我不會喜歡不喜歡我的男人嗎？」她一邊計算這天的收入一邊說。

「怎樣可以感動一個男人？」我換了一個方式問她。

「那得要看他是一個什麼男人呀。」
「如果像康兆亮呢？」
「他嗎？很容易。給他自由就行了。」
「給他太多自由，妳不害怕嗎？」
「當然害怕，正如今天我不知道他去了哪裡，跟什麼人在一起。但是，我知道他無論去了哪裡，也會回家，我也不會過問，我給他自由，他才肯受束縛。要得到，就要先放手。」
但是，你跟康兆亮是不同的。
放手，可能就會失去你。

我在布藝店裡為你縫第四個抱枕。
「有女孩子追求你嗎？」我問徐銘石。
「一直都是女孩子追求我。」他笑說。
「真的嗎？連周清容也是？」
一提起周清容，他就變得沉默。

「告訴我，那些女孩子怎樣追求你。」

「對一個男人來說，那不是什麼值得炫耀的事，況且那些女孩子現在都很幸福。」

「那就是說你當天拒絕了她們啦？」

「有一個女孩子，我一直都覺得很對不起她，她是我的中學同學，她的成績很好，上課的筆記都是她替我做的，每次考試之前，她也預先告訴我哪些是重點，考試時，甚至故意讓我看到她的答案。」

「可是你不喜歡她？」

「她寫了一封信給我，我沒有回信，一天，她跑來問我為什麼要這樣對她，我忘了我跟她說了些什麼，總之，那件事之後，她就轉校了。我一直有點內疚，很多年之後，她忽然來找我，告訴我，她現在很幸福，我才放下心頭大石。」

「也許她並不是真的幸福。」

「不是真的？」徐銘石不大相信，「那她為什麼要這樣說？」

「如果她已經忘記你，根本不會來找你，然後特意告訴你，她現在很幸福。」

「妳是說，她那時並不幸福？」

「也許她是幸福的，但是她的幸福缺少了你，就變成遺憾。當然，遺憾也是一種幸福，因為還有令你遺憾的事。」

「但是她當時看來的確很幸福。」

「幸福難道不可以偽裝的嗎？」我做出一個幸福的笑靨。

「也許妳說得對。」他苦笑。

我用一幅淡黃色的格子棉布縫了第四個抱枕給你。

拿著抱枕，我才有藉口找你。

我把抱枕放在醫院，他們說會交給你，然後，我和徐銘石飛去青島，準備酒店開幕。

別怪我，是惠絢教我的，想得到一樣東西之前，首先要放手。

所以，我放手，希望你收到抱枕之後，會思念我，思念一個只敢送上抱枕而不敢在你面前出現的女人。

在青島的第四天，我和徐銘石去遊覽棧橋，那是從海灘一直伸展到海中央的一個亭，名叫「棧橋」。

「妳說女人能夠偽裝幸福，是真的嗎？」徐銘石問我。

「為什麼不呢？正如男人可以偽裝堅強。」

「男人偽裝堅強，只是害怕被女人發現他軟弱。」

「女人偽裝幸福，只是害怕被男人發現她傷心。」我說。

忘了告訴你，在第四個抱枕裡，藏著我給你的第四封信，也許是最後一封了。

雲生：

如果有一天，我們在路上重逢，而我告訴你：「我現在很幸福。」我一定是偽裝的。

如果只能夠跟你重逢，而不是共同生活，那怎麼會幸福呢？

告訴你我很幸福，只是不想讓你知道其實我很傷心。

蘇盈

回到香港的第一件事，便是看看傳呼機，看看你有沒有傳呼我。在我把抱枕放在醫院的那天晚上，你傳呼過我一次。

一次，你不覺得太少嗎？雖然傳呼員應該告訴你我不在香港。

我站在窗前，望著你的家，直到深夜，那裡的燈才亮起來。

我撥電話給你。

「你找過我嗎？」我問你。

「是的，他們說妳不在香港。」

「我到青島去了。」

「真巧——」你說。

「什麼事？」

「每次妳打電話來，我總是剛剛踏進屋裡。」

你在這裡吃過一頓飯，竟然不知道我為什麼搬來這裡。

我搬來這裡，是因為這裡可以看到你的家。

「謝謝妳的抱枕。」

「是最後一個了，一張沙發只可以有四個抱枕，太多了就很擠擁。」

「真的不知道該怎樣答謝妳。」

「請我吃飯吧。」我鼓起勇氣對你說。

「好呀，妳什麼時候有空？」

「過兩天月亮就復活了，就那一天好嗎？」

中秋節的晚上，你來接我。

「今天的月色很漂亮。」我說。

「是的，它又復活了，謝謝長腳烏龜。」你微笑說。

「我們要去哪裡？」

「在船上可以看到月亮。」你說。

你帶我登上一艘佈置得很華麗的輪船。

「我的病人是這艘輪船的船長，是他告訴我，中秋節有船上晚餐。」你拿著兩張餐券和我一起上船。

船艙佈置成一間餐廳，我們坐在甲板上。

「要跟船長有特別關係才可以訂到這個位子的。」你悄悄地告訴我。

看到你快樂的樣子，我竟然有些難過，彷彿你過去五年的日子，都很痛苦。如果能夠令你快樂，我多麼願意。

小輪起航之後，船長來跟我們打招呼。

船長是個四十多歲的老實人。

「那天我在家裡突然休克，被救護車送到急診室，是秦醫生救活我的。」船長告訴我。

「是多久以前的事？」我問你。

「三年了。」

「你很健康啊。」你跟他說。

「是的，我還可以在船上看到很多次月圓。」船長說。

「那得感謝長腳烏龜。」你說。

「什麼長腳烏龜？」船長不明白。

那是我們之間的秘密。

「長腳烏龜把月亮背到河的對岸，月亮復活了，那麼長腳烏龜呢？牠去了哪裡？」我嘀咕。

「也許牠一直也背著月亮，只是天空太黑了，我們看不見牠。」

「一直也把月亮背著，不是很累嗎？」

「如果有一天，牠實在吃不消，也許會從天上掉下來，化成最大的一塊隕石。」

「到時候，月亮也不會再復活。」我難過地說。

「幸而還有星星。」你安慰我。

是的，到了世界末日，還有你給我的星星。

「今天玩得開心嗎？」小輪泊岸之後，你問我。

「再喝一杯咖啡，就很完美了。」

「妳想去哪裡喝咖啡？」

「你想喝一杯用月光盛著的咖啡嗎？」我問你。

「有這種咖啡嗎？」

我帶你到銅鑼灣去喝咖啡。那間餐廳的咖啡，是用一只蛋黃色的大湯碗盛著的。

「像不像把咖啡倒在月光裡？」

「原來妳說的是這種咖啡。」你抱著湯碗，骨碌骨碌地喝咖啡對我說，「跟妳一起很開心。」

「謝謝你。」

「像妳這樣一個女孩子，應該有很多男孩子喜歡才對。」

「本來有一個，不過分手了。」

「為什麼？」

我不知道怎樣告訴你，於是只好捧起月光，骨碌骨碌地把咖啡喝下去。

「別急，是整個月光的咖啡呢。」

我被你弄得啼笑皆非，用紙巾抹去嘴角的咖啡和眼角的淚痕。

別問我為什麼，那是我無法說出口的。

愛一個人，不必讓他知道，也能夠為他放棄其他一切，那是最低消費，是我應該付的。

「對不起，我只是隨便問問。」你抱歉地說。

你真笨，為什麼沒想到是為了你呢？

「夜了，我送妳回家。」你說。

「你想知道為什麼我的電話總是在你回家之後打來嗎？你上來看看便知道。」

我站在窗前，從我這裡到你那裡，這一天晚上，只隔著一個月亮。

「因為這裡可以看到你住的地方，你回家，亮起屋裡的燈時，我就知道你回來了。為了這個緣故，我才搬到這裡。」

我幸福地望著你住的地方。

你沒說話，大概是傻呼呼的站在那裡吧。

「我們之間，是隔著月亮，還是隔著月球？」

「有什麼分別？月亮就是月球。」你說。

「不，如果是月亮，感覺上好像比較近一點。」

「妳沒有必要這樣做。」你對我說。

「今天晚上，你可以留下來嗎？」我還是頭一次跟一個男人這樣說。

感謝長腳烏龜，如果沒有月亮，我也許沒有勇氣。

我把你留下了，我以為把男人留住的，是女人的身體。

當然，後來我知道，那只能夠把男人留住一段日子。

再次在孫米白面前出現的時候，我是以勝利者的姿態出現的。

那天，在醫院的走廊等你下班，我多麼害怕會碰不上她。

我在走廊上徘徊，她終於在走廊上出現。

「妳為什麼會在這裡？」她問我。

「我和雲生約好了一起吃飯。」

「哦，是嗎？妳真是鍥而不捨。」她語帶嘲諷地說。

「是他約我的。」我說。

你卸下醫生袍來了。

「恭喜你，你終於談戀愛了。」她對你說。

你默不作聲。

她匆匆轉身離開，貓披肩從她肩上跳到地上，跟在她身後。

「我們走吧。」你牽著我的手說。

在餐廳吃飯時，我問你：

「你是在哪一天生日的？」

「一月二十日。」

「代表一月的花是雪花。」我告訴你。

「妳是說從天上飄下來的雪花？」

「不，是一種花，叫雪花，外形像百合。雪花象徵逆境中的希望。」

「聽起來好像很美麗。」

「看來也很適合你，一個急診室的醫生，不正是逆境中的希望嗎？」

就在這個時候，惠絢和一個男人剛好進來。那個男人我從來沒有見過，但惠絢和他的態度很親暱。

「為什麼會在這裡見到妳？」惠絢說，「讓我來介紹，這是胡崇偉，這是蘇盈，秦雲生。」

「一起坐好嗎？」你問他們。

「不打擾你們了。」惠絢跟我打了一個眼色，好像很識趣地跟他坐到另一邊。

「妳在想什麼？」你問我。

我在想，她為什麼會跟那個男人一起。

第二天晚上，回到燒鳥店，惠絢主動告訴我：「他是我以前的男朋友。」

「多久以前？」

「在我跟康兆亮一起之前。」

我吃了一驚，「他就是那個在床上叫妳還錢的男人。」

「就是他。」

「妳不是恨他的嗎？」

「是的，但是又有一點懷念。」

「妳搞什麼鬼？」

「大概是為了報復吧。」

「報復他？事隔多年才向他報復？」

「誰要向他報復？」她不屑地說，「是康兆亮，他瞞著我和另一個女人來往。」

「他告訴妳的？」

「不，是我發現的。」

「他知道妳知道嗎？」

「我為什麼要讓他知道？」

「妳能夠忍受不揭穿他嗎？」我驚訝。

「那要看我想得到什麼。我要成為最後勝利者。」

「怎樣才算是最後勝利者？」

「最後留在他身邊的女人。」

「為了什麼？」

「為了什麼？」她淒然笑道，「如果不是為了愛，還能夠為些什麼？」

「但是愛，不是應該包括忠誠嗎？」

「也不一定。」她傷感地說。

「我覺得愛是百分之一百的忠誠。」

「別那麼天真，世上沒有百分之一百的忠誠。有多少人會像妳那樣，放棄唾手可得的東西，去追逐一個遙不可及的夢？」

「但是昨天那個男人，曾經傷害妳，妳還可以跟他一起嗎？」

「除了康兆亮，我最喜歡的就是他，也許正是因為他曾經令我很痛苦。所以，如果妳想秦雲生記著妳，別忘了令他痛苦。」惠絢朝著門口說，「他來了，現在就去令他痛苦。」

你來了，一出現，就在我心裡佔了最重要的位置，我有什麼本事令你痛苦？

「這裡有我，妳先走吧。」惠絢說。

「不用我陪妳嗎？」

「我一點事也沒有。」惠絢向我眨眨眼睛，她真的好像一點事也沒有，看來她很有信心成為最後勝利者。

「我們走吧。」我拉著你的手說。

我拉著你的手，從灣仔走到銅鑼灣，真希望這段路可以一直走到明天。

我拿起你的手掌，仔細地看。

「妳看什麼？」你笑著問我，「這麼黑？也能看到掌紋嗎？」

「我只是想牢記著你的手掌的形狀，那麼即使在鬧市中，也不會牽錯另一個男人的手。」

你失笑，問我：「牢記了沒有？」

「嗯。」我點頭。

在一間手錶店的櫥窗裡，我發現了一只能顯示月圓月缺的男錶。

「你看，今天只有一勾彎月和兩顆星星。」

我抬頭看天，天上果然有一勾彎月和兩顆閃亮的星星。

店員說：「喜歡的話，進來看看吧。這是月相錶，根據中國曆法預校了月圓月缺的日子，十分準確的。」

「走吧。」你說，「手錶上沒有長腳烏龜。」

我笑著跟你走，走了好一段路。

「你在這裡等我一下好嗎？」

我丟下你，跑回去那間手錶店，我想買那一只可以知道月亮什麼時候復活的手錶給你。

可惜，手錶店關門了。

我跑了好幾間手錶店，都沒發現那只手錶。

我回去找你的時候，發現你倉皇地站在街上。

「妳去了哪裡？」你問我。

「我去找洗手間。」我撒謊。

你緊緊地握著我的手，握得我好痛，一直沒有放開過。

回到家裡，我掏出鑰匙開門，你才肯放開我的手。

「我回去了。」你說。

「你可以留下來嗎？」我問你，「我不想每次都看著你離開。」

你抱著我，用你那一隻溫暖的手撫摸我的背部。

「剛才我以為妳不會回來。」你說。

「怪不得你握得我那麼痛，我不會不回來的，我只是去了——」我想把真相告訴你。

「不用說了。」你抱緊我說。

你是怕我像孫米素一樣，離你而去嗎？我捨不得。

第二天下午，我再去那間手錶店。

「那只月相錶給人買了。」店員說。

他說，不知道什麼時候有新貨。

我想送給你，提醒你，月亮總會復活。

晚上在家裡，我坐在你的大腿上，頭擱在你的肩膊上。

你推推我，把抱枕塞給我。

「抱枕裡面好像有些東西。」

「我的抱枕沒有東西的。」我衝口而出。

「真的，妳看看。」

我摸摸抱枕，裡面果然好像有些東西。

我伸手進去，摸到一只月相錶，是我想買給你的那一只。

「原來你買了，怪不得我買不到。」

「妳也想買嗎？」

「想買給你。」

「妳戴在手上更漂亮。」你說。
「這是男錶嘛。」
「錶面大一點，月亮不是顯得更大一點嗎？況且現在女孩子都戴男錶。」
你為我戴上手錶。
原來你跟我一樣，都有把東西藏在抱枕裡的習慣。
「會不會太重？」你托著我的手腕問我。
我搖頭，哽咽。
「是不是不喜歡？」你問我。
我屈曲雙腿，瑟縮在你的懷抱裡。
是太重了。在我心裡，這只手錶彷彿把我的心都壓住了，既感到幸福，又覺得害怕，害怕有一天，你不會再對我這麼好。
「女人為什麼總喜歡在開心的時候哭？」你苦笑著問我。
「你不是嫌這只手錶沒有長腳烏龜嗎？」我問你。
「妳就是長腳烏龜。」你抱著我的腿說，「是妳告訴我月亮會復活的。」

像今天晚上這些日子，如果一直也不會過去，那該多好？

「你的手錶很漂亮。」在布藝店裡，徐銘石跟我說。

「是雲生送的。」

「跟他一起開心嗎？」

「很開心。」

「那就好。」他笑著說，「現在叫妳去公幹，妳可不肯了。」

「要去哪裡？」

「北京，一間新的酒店，布藝工程都交給我們，我要上去看看環境。」

「我可以不去嗎？」

「我一個人去就行了。」

「你真好，如果沒有你，這裡不知道怎麼辦？」

「從北京回來之後，我可能要離開這裡一段時間。」

「為什麼？」我愕然。

「朋友開了一間家具店，想我過去幫忙。放心，我會兩邊走的，只是，那邊剛開始，我要放多些時間在那邊。」
「是不是在這裡有什麼不開心？」
「怎會呢？」他笑說。
「我以為你會跟我並肩作戰——」
「現在也沒有改變，我不過在其他方面發展一下。」
「真的為了這個原因嗎？」
他點頭。
我總是覺得，還有其他原因。

徐銘石從北京回來以後，大部分時間都留在跑馬地的家具店裡。
我去過那裡一次，地方很大，賣的都是義大利家具，很漂亮。
「妳可以隨便選一件。」他說。
「真的？」
我喜歡店裡一張胡桃木造的圓形餐桌，可惜太大了，而且價錢也很貴。
「妳現在一個人住，用不著這麼大的餐桌，等妳跟秦醫生結婚，我送給妳。」

「結婚是很遙遠的事。」我笑說，「以前政文常向我求婚，我不嫁，現在這個，可沒有向我求婚。」

「放心，這張餐桌我還有一張在貨倉，我留給妳。」

「謝謝你，我會努力的。」

回到燒鳥店，卻收到政文結婚的消息，是惠絢告訴我的。

「新娘是誰？」

「剛相識不久的，條件當然比不上妳，我也不明白政文為什麼那樣急著結婚，也許是為了刺激妳。」

「他一直也想結婚。」

「也要找個自己喜歡的人才行呀。」

「也許他愛那個女人。」我竟然有些失落。

「他叫我把喜帖交給妳，妳會去嗎？」

我看看喜帖，婚禮在一月二十日舉行，那天正是你的生日。

「我是不是應該打個電話恭喜他？」

「既然他派喜帖給妳，應該是想妳恭喜他吧，最低限度，他希望妳有反應。」

我打了一通電話給政文。

「恭喜你。」我說。

「謝謝妳。」

「有一份禮物想送給你，你能抽時間出來見面嗎？」

「好的。」他爽快地答應。

我挑選了一套餐具送給他。

我們約好黃昏在他公司附近的咖啡室見面。

「恭喜你。」我說。

他臉上沒有任何喜悅的神情。

「這份禮物，希望你和你太太喜歡，那天我應該不能來。」

「哦，真可惜。」

「還有一件事。」

「什麼事？」

「早就應該跟你說的了，薄扶林道那層樓，是你買的，屋契上有我的名字，既然我們不再走在一起，我想，你應該在屋契上刪去我的名字，況且你現在結婚了，這件事不應該再拖下去，你找律師準備好文件吧。」

「我沒打算這樣做。」他斷然拒絕，「妳記得以前我們常來這裡喝下午茶嗎？喝完了下午茶，妳就陪我散步回公司去。」

我默然。

「妳忘記了嗎？」

「我沒有忘記。」我說，「但是你要結婚了。」

「只要妳說一句話，我就立刻取消婚禮。」

「怎麼可以呢？這樣對你太太很不公平。」

「這是我和妳之間的事。」

「結婚不是鬧著玩的。」

「妳還未開始後悔嗎？」他問我。

原來他想我後悔，他終究是個輸不起的人。

「我從來不後悔。」我說。

「那麼，謝謝妳的結婚禮物。」他倔強地收下我送給他的禮物。

我們在咖啡室外面分手，是的，以前我常常是在這樣的黃昏陪他走一段路，然後才獨自回家。

「再見。」他跟我說。

我目送他離開，那曾是我熟悉的背影。我從沒想過，他愛我這樣深，甚至不惜用一段婚姻來令我後悔。我從來不後悔，但是，看著他倔強的背影，我不禁問自己，我是否做對了。

第二天黃昏，政文差人送來一份文件。

「楊先生請妳在文件上簽署。」送文件來的人說。

我簽了以後，薄扶林道那層樓，便不再有我的份兒。

政文是一個喜歡賭博的人。

他咄咄逼人，希望我到最後一刻會後悔。

我在文件上簽署。

我和政文之間，不再有什麼牽連。

回家的路上，不知為什麼，手竟然輕微地顫抖，剛才在文件上簽署，我的手並沒有顫抖，等到這一刻，它才開始顫抖。

我簽上名字，為這段情劃上句號，我永遠失去政文了，可是，你會永遠留在我身邊嗎？

回到家裡，你正在浴室裡洗澡。

「這麼早？」我問你。

「想回來洗個澡，然後睡一會。」你說。

你的西裝就掛在椅背上，我想替你把西裝掛起來，可是，在西裝的口袋裡，我發現那半截竹籤。

事隔這麼久，你仍然保留著那半截竹籤。

我跟你玩的那個遊戲，你很願意相信。

你從浴室裡出來，我拿著那半截竹籤問你：「你還保留著嗎？」

你不否認也不承認。

「你以為她會回來嗎？」

「她不會回來的。」

「但是你一直希望她會回來，即使只是個魂魄，對嗎？」

「妳別胡說，那根本是不可能的。」

「那你為什麼要把竹籤放在身邊？」

「我根本忘記了它在這件西裝的口袋裡。」

我狠狠地把竹籤截斷。

「妳幹什麼？」

「你為什麼這樣緊張？」我質問你。

「妳無理取鬧。」

「你什麼時候才肯忘記她？你只是拿我來代替她，對嗎？你寂寞罷了。」

「我要回去上班。」你拿起西裝說。

「你走了就不要回來。」

你關上門離開，你真的走了。

我記得這樣清楚，因為那是我們第一次吵架。
很久以後我才明白，那天的無理取鬧，是因為我突然失去了安全感。

我一直在等你，直到夜深，還不見你回來。
我站在窗前，你家裡有燈，你回家去了，是不是不再回來？
我鼓起勇氣打電話給你。
「對不起。」我哽咽。
「妳在哭嗎？別哭。」你在電話那邊溫柔地說。
我哭得更厲害，問你：「你是不是不再回來？」
「我很怕跟妳吵架。」
「我不會再那麼無理取鬧。」
「別這樣，我明天回來好嗎？」
「不，我不能等到明天。」
「別這樣，妳睡吧，我明天回來。」
我躺在床上，希望明天快點來臨。

隔了一會，我又走到窗前，你屋裡的燈亮著，你真殘忍，為什麼要等到明天？

你突然開門進來，嚇了我一跳。

「你家裡的燈為什麼亮著？」我問你。

「關了燈，妳就知道我會回來。」你笑說。

「你為什麼要回來？」

「怕妳哭。」你說。

你曾經為我的眼淚那樣緊張。

你還記得嗎？

也許，我不曾意識到，我對你的愛，逐漸變成你的包袱。

那天，走進一間珠寶店，本來是想買一只月相錶給你，卻在店裡碰到政文和他的未婚妻。

政文看到我，精神一振，立刻介紹我跟他的未婚妻認識。

「這是我的未婚妻。」政文牽著她的手跟我說。

政文的未婚妻很年輕，看來只有二十一、二歲，有一張滿好看的娃娃臉，她一直微笑著站在政文身後，像絲蘿托喬木似的。
「你們是舊同事嗎？」他的未婚妻天真地問我。
原來政文不曾向她提及我。
「是的。」我說。
我和政文曾經共事，共事一段愛情。
「我們來買結婚戒指。」她又再天真地說。
我留意到政文對她的天真開始感到不耐煩。
「再見。」我轉身離開珠寶店。
政文在我身後跟他的未婚妻說：
「要最大的一顆鑽石吧，鑽石是女人的星星。」
我知道他是說給我聽的，這句話，他也對我說過，但我還是喜歡星星多一點。
「蘇小姐——」政文的未婚妻在後面叫我，「妳會來參加我們的婚禮嗎？」
「她不能來。」政文替我回答。

「那真可惜。」她說。
「對不起，祝妳幸福。」我說。
「謝謝妳。」她說。
「楊政文，祝你幸福。」我由衷地祝福他。
「謝謝妳。」他倔強地說。

這一天晚上，我收拾行李準備明天出發去法蘭克福參加一年一度的布展。

這麼快又一年了。
「你喜歡什麼生日禮物？」我問你。
「不用了，我已經很久沒有慶祝生日。」
「所以才要慶祝，我從法蘭克福回來之後，你就要告訴我。」
第二天早上，你送我到機場。
你跟徐銘石說：「麻煩你照顧她。」
我還是頭一次跟你分開，我捨不得，因此也顧不得徐銘石就在旁邊，我牽著你的手，一直不肯放開。

「我去買喉糖。」徐銘石藉故走開。

「你會惦著我嗎？」我問你。

你從口袋裡掏出一包藥來，「為妳準備了一些藥，萬一在那邊身體不舒服，就吃點藥。」

你把五顏六色的藥逐一向我解釋：「白色圓形的是頭痛藥，白色長形的是頭痛很厲害時吃的。白色細顆的是止嘔藥，更細顆的是止瀉藥，水土不服，上吐下瀉，可以服這兩種藥，膠囊是抗生素，喉痛的話早晚服一顆。這兩顆黃色的是安眠藥，因為時差問題睡不著，可以服一顆。」

「有毒藥嗎？」我打趣問你。

「很抱歉，妳把這裡所有的藥吞下肚裡，也不會死。」你一本正經地說，「用酒來送藥就不能保證了。」

「才去幾天，怎會有那麼多病？」

「這今次用不著，可以留待下次，每次出門都放在身邊就行了。」

望著你，我知道我比政文的未婚妻幸福，起碼，我愛的男人也愛我。

「要進去了。」徐銘石說。

我依依不捨地摩挲你的鼻子，你的鼻子很冷呢。

「進去吧。」你說。

那是你唯一一次到機場送我。

在機艙裡，我把你給我的藥掏出來，像個傻瓜似的，看完又看。

「妳不舒服嗎？」徐銘石問我。

我笑著搖頭。

抵達法蘭克福的那天晚上，我看看手錶，手錶上呈現一個滿月，在地球上，這是月圓之夜。窗外，明月高懸。

我搖電話給你，問你：「你看到月亮嗎？」

「這邊是密雲，正在下雨。」

「法蘭克福的月亮很圓。」我說。

「香港的雲很厚。」你說。

「這邊的天氣很冷。」

「香港也好不了多少，現在只有攝氏八度。」
「冷嗎？」
「不冷。」
「家裡有電暖爐，就放在儲物室裡。」
「不用了。」
「昨天我摸到你的鼻子很冷呢，快去把電暖爐拿出來，答應我。」
「好吧。」你很無奈地答應。
因為這座電暖爐，我才跟你遇上，所以離開政文家的時候，我把它帶在身邊。
「一定要開暖爐睡覺呀。」我叮嚀你。
「不知為什麼，每次妳離開，香港總是天陰。」你說。
「對啊。我是你的太陽。」我幸福地說。
放下電話沒多久，徐銘石打電話到我的房間來。
「要不要到大堂喝杯咖啡。」他問我。
雖然很睏，我還是答應了。匆匆披上一件外套，到大堂去。

我來到大堂咖啡室，他已經坐在那裡。

「睡不著嗎？」我問他，「我有安眠藥，是雲生給我的。」

「看見月色這麼漂亮，想喝杯咖啡罷了，妳是不是很累？如果累的話，不用陪我。」

「不，我們很久沒聊天了。」我說。

「妳一向重色輕友。」他笑說。

「政文這個月結婚了。」

「這麼突然？」

「跟一個相識才一個月的女孩子結婚。」

「時間根本不是問題。」

「對。」我苦笑。

「妳穿得那麼少，不怕著涼嗎？」

「不怕。」

「我差點忘了，妳身上有很多藥——」

「可以吃一輩子。」我笑說。

「這次是找對了人吧？」

「我是找對了，不過不知道他是不是找對了人。」我笑著說，「你呢？快兩年了，你還是形單影隻。」

他垂頭不語。

「你跟周清容到底為什麼分手？」

徐銘石望著杯裡的咖啡，良久沒有回答我。

「不想說就算了。」

他抬起頭來，抱歉地說：「我跟她說了一句她永遠不會原諒我的說話。」

「是哪一句？」我好奇。

「算了吧。」他用匙羹不停攪拌杯裡的咖啡。

「到底你跟她說了什麼？」

「不要再問了。」

「你說你不愛她？」

「妳以為女人不會原諒男人說這句話嗎？」

「更難原諒的是他說『我從來沒有愛過妳』。」

「我沒有這樣說過。」

「那你說了什麼？」

他把杯裡的咖啡喝光，跟我說：「別再問了。」

窗外明月高掛，我在想，如果你跟我說「我從來沒有愛過妳」，我絕不會原諒你。

沒有一個女人會原諒她所愛的男人跟她說這句話。

不知道是不是因為跟徐銘石喝咖啡時不小心著涼，我患上了感冒，往後的幾天，身體也不舒服，天天在吃你給我的感冒藥。

感冒本來就是很傷感的病，在法蘭克福，月亮一天一天地沉下去，展覽會終於結束，我可以回到你身邊。

徐銘石要到義大利為家具店搜購家具，他坐的那一班機比我遲一天出發，所以他先送我到機場。

「妳的感冒好了點沒有？」他在途中問我。

「回到香港就會好。」我笑說。

「秦醫生會來接妳嗎？」

「他要值班。」我瑟縮在大衣裡說。

「那妳自己路上要小心。」

我和徐銘石在禁區外分手。

我叫住他。

「什麼事？」他回頭問我。

「笑一下。」我吩咐他。

他莫名其妙。

「很久沒見過你笑了——」

他很努力地擠出一張笑臉。

如果世上不曾有楊政文這個人，也沒有你，或許我會愛上徐銘石，他總會令我覺得，無論我在哪裡，他也會牽掛著我。

然而，我已經有你了。既然已經有了共度餘生的人，其他人，只能夠是朋友。

飛機抵達香港機場，我匆匆挽著行李箱，登上一輛計程車，趕回家裡。

屋裡暖烘烘的，我猜一定是你忘了上班前把電暖爐關掉。當我亮起屋裡的燈時，赫然看到孫米白養的那一頭貓披肩就伏在電暖爐旁邊，牠看到了我，瞪了我一眼，然後繼續懶洋洋地伏在那裡取暖。沙發上的抱枕掉在牠身邊，給牠抓開了一道裂痕。

原來電暖爐是為牠而開著的。

孫米白的貓為什麼會在我家裡？

當我不在這裡的時候，你竟然讓她進來？

我拾起地上的抱枕，裡面的羽毛給牠的利爪抓破了。我坐在沙發上瞪著牠，牠也瞪著我。

我跟貓對峙了兩個小時之後，你回來了。

「妳回來啦？」你問我。

那頭可惡的貓，走到你身邊，伏在你腳背，討你歡心。

「牠為什麼會在這裡？」

「孫米白去了旅行，託我照顧牠幾天。」

「你在長途電話裡為什麼不告訴我？」

「我以為只是一件小事。」你抱起貓，把牠放在脖子上，繞了一圈，牠根本就是一頭怪物。

「牠把抱枕抓破了。」

「牠就是愛抓東西，對不起。」你若無其事地說。

「孫米白是不是來過這裡？」

「沒有，是我把貓帶回來的。」

「我最討厭貓了！」我忍不住說。

你愣了一下，難堪地把貓放下，牠站在你腳邊，跟你站在同一陣線。

「對不起，我不知道妳介意──」

「這是我的家，我不歡迎孫米白的貓！」我用抱枕擲向那頭怪物，牠敏捷地走開。

「你什麼時候才可以忘記她們兩姊妹！」我控制不了自己，向你哮叫。

你站在那裡，巴巴地望著我。

「難道你就不可以忘記她？」我哭著問你。

我從千里以外回來，只是想投進你的懷抱，但是，在我不在的日子，你竟然照顧著孫米白的貓，你知道那一刻我是多麼的難受嗎？

「對不起，我現在就把牠送走。」

你走過去把貓抱起，牠得意地伏在你懷中，這刻伏在你懷中的竟然是牠而不是我。

我別過頭去不望你。

你把貓抱走。

也許，你不會回來了。

你走了，我很後悔為什麼向你發那麼大的脾氣。

我竟然妒忌那頭貓？

不，我只是妒忌你跟姓孫的女人糾纏不清。

我竟然妒忌一個死了，而且死得很可憐的女人，你一定很討厭我。

我的情敵已經不在世上，她早就化成了天使，在雲端俯視著我，我憑什麼可以搶走她的男人？

我瑟縮在沙發上，等你回來。

你肯原諒我嗎？

你已經去了很久。

「留言還是留下電話號碼？」傳呼台的小姐問我。

「留言——」

「請說——」

我說什麼，你才會回來？

「就說我身體很不舒服吧。」

是不是很可笑？我只會扮演一條可憐蟲。

你終於回來了。

「對不起，我不是想這樣的，我愈是害怕失去你，就愈做出令你遠離我的事——」我抱著你說。

「我們根本不適合對方——」你惆悵地說。

「不，不是的。」

「我不想令妳痛苦。」你輕輕推開我。

我無論如何也不肯放手，像小孩子不肯放開他手上一件最珍貴的東西。

「妳不要這樣——」你還是推開了我。

「跟你一起，我很快樂。」我說。

「我覺得妳很痛苦——」

「快樂是用痛苦換回來的——」我淒然說。

你沉默。

「不要離開我，求求你。」

你替我抹去臉上的淚珠。

我知道你捨不得我。

「我會改的。」我吻你，我不會讓你再說要離開我，即使我因此窒息，我也不會再讓你開口說話。

你溫柔地吻我。

雲生，你是愛過我的，對嗎？

「妳在發熱。」你捉著我的手說。

我把身上的衣服一件一件脫下來。

「別這樣，妳在發熱。」

我要把你吞進肚子裡，從子宮直到心房，我不會讓你離開我。

「妳的身體很燙。」你說。

「我聽過一個治感冒的方法，只要把冰冷的腳掌貼在妳心愛的男人的肚子上二十四小時，感冒就會好。」

「這是沒有醫學根據的——」

「那個男人一定要是妳愛的，否則就沒有效。」

「為什麼要二十四小時？」

「因為剛好是一日一夜。」我把你拉到床上，赤裸裸地蜷縮在你懷裡。

你把我冰冷的一雙腳掌放在你溫暖的肚子上。

「不是說沒有醫學根據的嗎？」我輕輕問你。

你用一雙溫暖的手替我按摩腳背。

「肚子冷嗎？」我問你。
你搖頭。
「貓呢？」
「護士長願意暫時收留牠，她很愛貓。」
「你恨我嗎？」
你搖頭。
「答應我，你不會離開我。」
你點頭。
你答應過我的。
「真的要二十四小時嗎？」你帶笑露出痛苦的神情。
我的腳已經不冷，但我捨不得離開你溫暖的小肚子。
你的體溫是醫我的藥，明知道吃了會上癮，如果有一天，不能再吃到這種藥，我會枯死，但是我仍然執迷不悟地吃這種藥。

蘇盈

最遙遠的距離

世上最遙遠的距離，
不是生與死的距離，
不是天各一方，
而是我就站在你面前，
你卻不知道我愛你。

雲生：

還有一天便要離開法蘭克福了。

早上起來，我的頭痛得很厲害，我打開皮包，裡面有你三年前在機場給我的藥。我一直捨不得把它們吃完。

這是我吃一輩子的藥。

我打開冰箱，拿出一罐冰凍的可口可樂，倒進肚子裡。

可口可樂可以治頭痛，身邊沒有頭痛藥的時候，我總會這樣做。

我躺在床上，閉上眼睛，頭已經不那麼痛了，我可以省回一顆頭痛藥。

你常說，當我不在你身邊，你身處的地方就會天陰，香港現在是不是也是陰天？

孫米素在雨夜來，也在雨夜離開。

我在月夜來，也在月夜離開。

月有陰晴圓缺，但是死了的月亮會復活。

死了的愛情卻不能復生。

還有十多天便是你的生日，你會想起我嗎？你會記得這個因為太愛你而弄巧反拙的女人嗎？

如果可以從頭來過，我一定不會這樣。

只是，愛情不是月亮。

那一年，我終於找到跟你送給我的那只同款的月相錶，準備在你生日那天送給你。

你生日的那天，是政文結婚的日子。

我曾經想過這是純粹的巧合，抑或是一種心電感應。

有時候，你正想起一個朋友，他突然便打電話來。

你很不想碰到某人，卻偏偏碰上他。

時間和空間的匯聚，可能不是純粹的巧合，而是一種主觀情感的渴望。

政文根本不想我去參加他的婚禮。

他無意中選擇了在你生日那天結婚，是一個最傷感的決定。

是的，我感到內疚。

當他為了逼我後悔而娶一個他不愛的女人的同時，我卻為我愛的男人慶祝生日。

每年你的生日便是他的結婚紀念日。

這怎麼會是純粹的巧合？

在你生日的這一天，我的心情是多麼的沉重。

惠絢早上跟我通電話，告訴我她正準備出發去參加政文的婚禮。

「兆亮說政文昨天晚上喝醉了，今天早上不知道能不能去行禮。妳猜他會不會突然不出現？他根本就不愛那個女人。」

「他會出現的。」我說。

兩小時之後，我接到惠絢的電話。

「妳說得對，他們已經交換了戒指。」

我是一個跟他相處了八年的女人，我很了解政文，他作了決定，就不會放手，無論要作出什麼犧牲，他也不會回頭。

願他快樂。

黃昏，我回家換過衣服，在我們約定的餐廳等你，地點是你選的。餐廳在銅鑼灣一間酒店的二十七樓，透過落地玻璃，可以看到尖沙咀東部海傍的另一間酒店，政文的婚宴正在那裡舉行。

我還是頭一次來這間餐廳，沒想到這裡可以看到那裡。

這是純粹的巧合，還是心電感應？

我的心情從來沒有像今天這樣複雜。

今天晚上沒有月亮，我和政文相隔了一個天地。

你下班後匆匆趕來。

「生日快樂。」

「謝謝。」你笑說。

十點鐘以後，樂隊開始演奏。

「出去跳舞好嗎？」你問我。

「我的舞姿壞透了。」我說。

「不要緊——」

「真的不要——」

「來吧！」

你把我帶到舞池裡，把我的手搭在你的肩膊上，抱著我的腰。「我只學過一個學期的土風舞。」我哀求你放過我。

你沉醉在音樂裡，彷彿聽不到我的哀求，而我只能夠生硬地跟著你的舞步。

你甚至閉上眼睛，把我抱在懷裡。

你那樣沉醉，是否在跟我跳舞？

還是在跟一個鬼魂跳舞？

你知道此刻在你懷中的是我嗎？

我的舞姿，肯定是舞池裡的一個笑話。

我真的不想再跳下去，正想叫你停下來的時候，我偏偏不小心地踏著你的腳，把你驚醒過來。

「對不起，我早就說過我不會跳舞。」我急步離開舞池，回到座位。

你坐在我跟前，問我：「妳沒事吧？」
我望著你，你一言不發。
你在內疚，對嗎？
剛才，你在跟你的回憶跳舞。在你的回憶裡，你的舞伴是個跳芭蕾舞的女孩子，她當然比我跳得好。
我不想跳舞，我不想在這方面和她比較。
是我誤會了你，還是因為這夜我的心情太複雜，因此而變得敏感？
然而，你愈沉默，我愈相信我的感覺。
本來，我想問你：
「你以為自己剛才在跟誰跳舞？」
本來，我想問你：
「你什麼時候才可以忘記她？」
本來，我想問你：
「你知道我心裡多麼難受嗎？」
但是，把難受的話再對你說一遍，要你和我一起痛苦，不如我自己一個人痛苦。

結果，我只是從皮包裡掏出準備送給你的生日禮物，放在你的面前。

本來，我準備當你拆開禮物，看到我為你買的，跟我手上一樣的手錶時，就跟你說：

「以後我們的手腕上，有同一個月亮。」

結果，我只能夠說：

「希望你喜歡。」

「謝謝妳。」你說。

本來，我想問你：

「你有沒有愛過我？」

結果，我只能夠跟你說：

「我們走吧。」

愛是一種沉溺，你在跟鬼魂跳舞，我在跟自己苦戀。

我決定以後把要跟你說的，難聽的說話，統統跟自己說一遍、兩遍，甚至三遍，那麼我就不會再跟你說。

我不想你因為我說的話而離開我。

本來，我以為我們今晚會親熱，結果，我們只是各自躺在床的一邊。

天花板上的星星閃亮，我睡不著。

你曾經給我兩顆安眠藥，說萬一旅途上無法適應時差，就可以吃一顆。我吞了一顆藥。

我望著天花板上的星星，星星向我微笑。

我作了一個夢，夢裡的我，拿著行李，在天朗氣清的日子出發到機場，準備到外地去。

我在關卡辦好手續，正要離開時，一個檢查員叫住我，她指著我手裡的一隻小荷包。

「裡面是什麼？」她問我。

「只是些零錢。」我告訴她。

她不大相信的樣子，硬要我打開荷包給她看看。

沒等我動手，她已經打開我的荷包，伸手到荷包裡面檢查，她愈掏愈深，最後竟然在荷包裡掏出兩張單人床來，我驚愕地望著她。

從夢中醒來，你已經上班去了。

荷包裡怎放得下兩張單人床呢？這個夢到底是什麼意思？是因為我生平第一次服安眠藥，所以發了一個這樣稀奇古怪的夢嗎？還是因為昨天晚上，我們各自睡在床的一邊，雖是一張雙人床，卻像兩張單人床。

我到書局去，找一些關於解夢的書，書中並沒有這個夢。

回到燒鳥店，我把夢告訴惠絢。

「那個荷包是什麼形狀的？」她問我。

「忘記了，總之是一個小荷包。」

「會不會代表妳的心？」她自作聰明的說。

「荷包根本放不下兩張單人床，妳把兩張單人床放在心裡，不是太重嗎？這個夢可能是暗示妳內心承受的重量正多於妳所能夠承受的。」

她的說法也不是沒有道理。

然後，我又去家具店找徐銘石，把我的夢告訴他。

「也許這個夢本身並沒有什麼特殊意義，為什麼突然對一個夢那樣緊張？」他問我。

也許就像潦倒失意的人去算命一樣，想知道自己下一步應該怎樣走。

「妳的樣子很累，沒事吧？」他問我。

「只是感冒還沒有好過來。」

「從法蘭克福回來已經差不多兩個星期了，有醫生在身邊，還沒有起色？」

「感冒本來就是一種很傷感的病，也許是病人本身不想復原吧。」我掏出紙巾擤鼻涕。

「要喝杯水嗎？」

「好的，謝謝你。」

徐銘石倒了一杯暖開水給我。

「荷包裡的單人床是什麼形狀的？」

我失笑。
「妳笑什麼？」
「惠絢問我，那個荷包是什麼形狀的，你卻問我，那張單人床是什麼形狀的。她最緊張錢，你緊張家具。」
「真的嗎？」他笑說。
「那張床很普通，好像是白色的，有四支腳，就是這樣。」
「雖然妳夢見荷包裡藏著兩張單人床，但是現實會不會剛好相反呢？其實是一個荷包遺留在單人床上。荷包裡面的東西應該很重要，但是妳把它遺留在床上——」
我突然記起跟你第一次相遇的那天晚上，政文剛好把荷包遺留在床上，後來，我把荷包送去給他。
這是純粹的巧合嗎？
還是一個我們都不能解釋的巧合？
「荷包遺留在單人床上，那是什麼意思？」我問徐銘石。
「會不會是象徵妳將會失去一些對妳很重要的東西？」

難道我將會失去你？

他說的也許是真的。

「我不是專家，我胡說罷了。」

「我早知你胡說。」我勉強裝出笑容罵他。

其實我最應該問你，你才會解夢。

我只是害怕，夢裡所洩露的心事，是我不想讓你知道的。

我吃了感冒藥，昏昏沉沉的睡了，你不知道什麼時候回來，亮了燈，坐在床沿，拉著我的手。

「沒事吧？」你溫柔地問我。

「我昨天晚上作了一個夢。」

「什麼夢？」

我把夢境向你說一遍。

「是什麼意思？」我問你。

「這個夢沒有什麼意思。」你躺在床上，握著我的手，閉上眼睛，沉沉地睡著。

你俊美的臉浸在恩戴米恩的月光下，我仔細端詳你，早上剃掉的鬍子又長出來了，頭髮依舊憤怒，鼻息是輕輕的，嘴巴闔起來，睡得特別好看，身體溫暖而鮮活。

牧童恩戴米恩大概也是這個樣子吧？

假如我是月神西寧，我會用魔法令你長久地熟睡，只有這樣，你才不會離我而去。每天晚上我都害怕，萬一你醒來，你就會離開我。

你在夢中依然緊握著我的手，對我信任而依賴，我這樣想，是否太殘忍？

我的喉嚨像火燙一樣，我拿紙巾擤鼻涕，紙巾上有血，那是因為乾燥的緣故。

如果我死了，從此不再醒來，你會像懷念孫米素一樣懷念我嗎？你會為我流淚嗎？還是只是輕輕的歎息？

我伏在你身上，沉沉地睡去。

我怎麼捨得讓你醒來？

雖然你說，我作的夢沒有什麼意思，隔天，我還是拿著鑰匙進入你的屋裡。

書架有一系列解夢的書，我把它們搬下來，坐在沙發上逐一翻閱。

其中一本書，記載了我的夢。

荷包裡的單人床，象徵作夢者對結婚的渴望。

你為什麼不對我說真話？

我渴望可以嫁給你，你卻向我隱瞞我的心事。

你並不想跟我結婚。

那些解夢的書，扉頁都有你親筆寫上的購買日期，都是在這五年間買的，那就是說，孫米素死後，你才開始看解夢的書。

你一直也在等她進入你的夢，是嗎？

我為你做的四個抱枕，重疊在沙發的一端，你還不知道裡面有我寫給你的信。

你會否遺憾你所錯過的深情？

我把書放回書架上，裝作我從來沒有來過。

日復一日，我在等你向我坦白，告訴我，我的夢是那個意思，可是你沒有。

日出月落，你沉睡的時候依然緊握著我的手，可是，你愛我嗎？

我忽然懷念從前站在陽台上或者站在窗前看著你住的地方的日子，那時候，我們的距離也比現在同睡在一張床上要近。

我終於明白，你是月亮，而我是那隻長腳烏龜，我用盡所有的氣力把你背到河的對岸，我快要負荷不起這種痛苦了。烏龜背月，就像龜兔賽跑一樣，不自量力。

那天晚上，是燒鳥店開張一週年的日子，惠絢要你一定來。

你來了，我們坐在一起，在每一個人眼裡，都像很要好的一對。

「跟你們玩一個心理測驗。」跟客人一起喝得醉醺醺的惠絢走過來說，「剛剛有人跟我玩的。」

「什麼心理測驗？」我問她。

「你喝下午茶時，正在讀小說——」

「是愛情小說。」田田更正她。

「對，你在讀一本愛情小說，讀到精采處，不小心打翻了面前的一件蛋糕，你會怎樣做？」

「這個心理測驗是測驗什麼的？」我問她。

「不行呀，妳知道了就不準，妳先答，答案有三個：

一、再叫一件。

二、不要了。

三、撿起來吃。」

「不要了。」我說。

「你呢，你選哪個答案？」惠絢問你。

「心理測驗是沒有什麼根據的。」你說。

「哎呀，蘇盈都答了，你一定要答。」

「我會撿起來吃。」

「那就是第三個答案啦。」

「快把答案告訴我們。」我催促她。

「蛋糕意味著逝去的愛，所以對它計較與否，可以看出一個人對舊情人的愛是否強烈。嗯，選第一個答案的人很執著，對舊情人終生不忘，是癡情種子。」

幸好，你沒有選這個答案。

「那麼第二個答案呢？」我問惠絢。

「選第二個答案的人對蛋糕毫不執著，對逝去的愛，想得開，也放得下。真像妳呀！誰說心理測驗不準？」她笑著對我說。

「第三個答案呢？」我問她。

「選這個答案的人對面前的蛋糕十分執著，他無法忘記舊情人，所以到現在為止還找不到真愛，與其說找不到，不如說是他自己每次都故意讓機會溜走。」

也許我們根本不應該玩這個心理測驗，它太準了。

惠絢早就喝醉，她的朋友送她回家。

剩下我和你，打烊之後，冒著寒風，走在寂寥的路上。

「你從來沒有忘記她。」這一次，我無法再把說話只對自己說一遍。

「心理測驗根本是很無聊的。」你說。

「我作的那個夢，荷包裡的單人床，象徵作夢者對結婚的渴望，對嗎？」

你往前走，沒有回答我。

原來你是知道的。

你站著，回頭望我。

「我們是不是太快開始共同生活？」

「是我太遲才知道你不會忘記她。」我淒然說。

「這是我們兩個人之間的問題。」你強調。

「不，是三個，雖然有一個已經不存在。她死了，一切都完美，我是活生生的一個人，所有缺點都是不可以原諒的，對嗎？」

你在歎息。

而我，卻好像在等待被你宣判死刑。

我知道你終究會開口。

「如果我搬出去，可能會比較好一點。」你說。

你終於開口了。

我的眼淚不由自主地湧出來。

你只是無可奈何地望著我，忘記了你曾經為我的眼淚多麼緊張。

「你想分手，對不對？」

「我不是這個意思，我只是覺得這樣對大家都會比較好。」

「這和分手有什麼分別？」我哭著問你。

「難道妳覺得現在這樣很快樂嗎？」你反問我。

「我本來是想令你快樂，沒想過會令你覺得難受。」

「我也想令妳快樂，可是，我做不到——」

「你說過不會離開我的，你答應過我的。」我像個瘋婦似的向你追討承諾。

「不要這樣，我不是這個意思，我只是想搬回家裡住。」

「你走了，就不會再回來。」

「我會找妳的。」

「我不想等，我不能夠忍受等你找我。」

「妳不是有我家裡的鑰匙嗎？妳也可以來找我，跟從前一樣。」

「真的嗎？」

你點頭。

「你說，你說我是個好女人——」

「妳是個好女人。」你由衷地說。

「你說，你不是個好男人。」

「我不是個好男人。」你慚愧地說。

「你說，說你從來沒有愛過我——」

你怔怔地望著我。

「說吧。」我哀求你。

你抿著嘴唇不肯說。

「我求你說吧。」

你就是不肯說。

如果你說了，我一定會走。

沒有一個女人會原諒她所愛的男人跟她說：

「我從來沒有愛過妳。」

你為什麼不說？為什麼不讓我死心？

也許，你說得對，你搬回去，對大家都好，當我不在你身邊，你會比現在思念我。於是，我答應讓你回去。

天上的星星在眨眼，也許午夜就會下雨，我們相遇的那一天，雖然寒冷，卻是晴天，我不相信我們要在雨天分手。

每天早上起來，你不再在我身邊，雖然孤單，但是只有這樣，你才不會離開我。

晚上，站在窗前，看著你住的地方，我在想，你也思念我嗎？

你沒有騙我，你仍然每天打電話給我，仍然會陪我。

你讓我相信，你不會離開我。

我學習用你的方式來愛你，希望你快樂。

日復一日，我每天到你家裡為你打點一切，確定你住得舒服，冰箱裡有食物，有足夠的衣服替換，然後我悄悄的離開。

就在那天，在你家裡替你熨衣服時，我在你的抽屜裡發現了一張芭蕾舞的門票。

於是，我也悄悄去買了那一場芭蕾舞的門票。

那天晚上，明月高懸，我很早就進場，坐在一角，不讓你看到我。

那是一場兒童芭蕾舞表演。

表演開始之前，你獨個兒來了，就坐在我前面不遠處。

小孩子認真地演出，有些孩子年紀太小了，難免出錯，觀眾捧腹大笑，只有你，孤單地坐在表演廳裡。

來看小孩子跳舞，只不過是追悼他們的老師。

孩子們所屬的芭蕾舞學校，正是孫米素生前任教的那一間。

也許，你並不是從來沒有愛過我，你只是從來沒有忘記她。

死亡比愛情更霸道。

為什麼是我不是她？

世上不會有一個比你癡心的男人，也不會有一個比你負心的男人。

我不是告訴過你，只有月亮才會復活嗎？

你還是執迷不悟。

但是我，卻忽然想通了。

舞台已經落幕，你站起來，看到了我，不知道該說什麼好。離開表演廳，我們默默地走在一起。

「今天晚上的月亮很圓啊。」我說。

「對不起。」你說。

「為什麼要說對不起？」

「因為你從來沒有忘記她？」我替你解釋。

你自己也無法解釋。

你垂首不語。

「你以為她還會回來嗎？」

「不，她永遠不會回來。」

「但是你依然想念她——」

「她已經距離我很遠很遠——」你紅了眼睛。

「世上最遙遠的距離，不是生與死的距離，不是天各一方，而是我就站在你面前，你卻不知道我愛你。」我哀哀地說。
你怔怔地望著我，無法說話。
這是我頭一次對你說我愛你，也是最後一次。
雖然捨不得，我還是在眼淚湧出來之前離開。
我已經付出了最高消費，變成一個一窮二白的人，無法再付出了，請原諒我。
月有陰晴圓缺，但是死了的月亮會復生。
死了的心卻不會復活。
我不在乎我放棄了些什麼來跟你一起，我從來沒有後悔，但是我在乎我在你心中的位置。
我已經山窮水盡，再無餘力去愛你。
以後，每一個月圓的晚上，我仍然會懷念你的溫柔，你輕輕的鼻息，你在恩戴米恩的月光下溫暖而鮮活的身體。
我只是無法再站在你面前。

蘇盈

愛情，
不過三個字

愛情本來不複雜，
來來去去不過三個字，
不是「我愛你」、「我恨你」，
便是「算了吧」、
「你好嗎」、「對不起」。

雲生：

這是我留在法蘭克福的最後一夜，明天早上我就要離開。

窗外明月皎潔，香港的月亮也應該是一樣吧？

我在床上輾轉，無法睡得著，你三年前給了我兩顆安眠藥，現在還剩下一顆，我不敢吃，我怕吃了之後又再作夢，作一個荷包裡的單人床那樣的夢，醒來之後，獨自惆悵。

在表演廳外面和你分手之後，我把蒲飛路的房子退了，搬回去布藝店的閣樓，從此，我再不會知道你什麼時候回家，我再不會那樣依戀你家裡的燈光。

我把恩戴米恩的月光掛在閣樓上。

月光流瀉，光陰流逝，我用盡一切方法忘記你。

可是，每當看到街上有響著警號的救護車，我便不期然想到這輛救護車正在運送一名病人到你手上，因此，我會多看兩眼。

有一次，我在過馬路時給一輛私家車撞倒，小腿受了輕傷，警察來到，安慰我說，救護車快來了。

我想起他們可能會把我送去急診室，於是慌忙負傷逃跑，那個警察在後面高聲叫我不要跑，他們一定以為我是個瘋子。

一天晚上，我在街上碰到徐銘石以前的女朋友周清容，她正在勸告那些在街上流連的少女回家，差點誤會我是其中一個不回家的少女。

她看到是我，有點愕然。

「很久沒見了。」我說。

我們在便利店買了咖啡，坐在路邊聊天。

「徐銘石好嗎？」

她看來仍然很想念他。

「他到現在還沒有女朋友。」

「是嗎？」她淡淡的說。

「我從沒想過你們會分手，那時候，你們看來是那麼要好。」

「但是他喜歡的人不是我。」

我愣住。

「自從認識了妳之後，他已經不再像從前一樣愛我了。」

「怎麼會呢？」我顫聲說。

「終於有一天，我按捺不住問他是不是愛上了妳，他什麼也沒說，只是說了一句『對不起』。」

「我真的不知道。」我內疚地說。

「也許我根本不應該問他。我沒法原諒他跟我說對不起，這三個字包含了太多。」

「我不知道應該說些什麼——」

「千萬別說對不起——」周清容苦笑。

怪不得徐銘石一直不肯告訴我他和周清容分手的原因。

他曾經說過我沒資格單戀，是的，和他比較，我真的沒資格單戀。他不需要擁有、不需要回報，可是，我卻需要。

我到家具店找徐銘石，他正獨個兒吃力地搬動一張餐桌。

「職員都出去吃飯了。」他笑說。

「我來幫你。」

「謝謝妳。」

「我昨天碰到周清容。」

「她好嗎？」

「你說的那句話就是『對不起』？」

他尷尬地望著我。

「我從沒想過就是『對不起』這三個字。」我說。

「愛情本來並不複雜，來來去去不過三個字，不是『我愛你』、『我恨你』，便是『算了吧』、『你好嗎？』、『對不起』。」

「還有三個字你忘了。」

「哪三個字？」

「你很傻。」

「哦，是的。」他苦笑。

「還有三個字——謝謝你。」我由衷地對他說。

「這三個字，聽起來很蒼涼。」他搖頭苦笑。

除了感謝，我還可以做些什麼呢？

愛上一個沒法愛你的人，本來就很蒼涼。

離開法蘭克福的那個早上，我把你送給我的星星留在法蘭克福的天空，星星是應該屬於天空的。

回到香港的第二天，我去找阿萬，要他替我把長髮剪短。

「不是說過要把頭髮留長的嗎？才三年，又要剪短？」他一邊剪一邊說。

從前，每一天都渴望頭髮快點生長，為的是你喜歡過一個長髮的女子，但是，未待我的頭髮留長，你已經走了。

現在，我的頭髮已經留到背脊，但是又有什麼意義呢？

所以我把它變走。

今天的溫度很低，好像是忽然冷起來的。剪了短髮的我，走在街上，覺得脖子很冷，我把頭縮進衣領裡面。在法蘭克福染上的感冒，到現在還沒有好過來。

幸好，今天晚上的月光很圓。

人生，好像還有點希望。

惠絢要結婚了，當然是嫁給康兆亮，她終於成為最後勝利者。

如果嫁給一個男人是最後勝利，她勝利了。

我答應送一部洗衣機給她做結婚禮物。

來到百貨公司的電器部，那裡人頭湧湧，很多人趕著買電暖爐。

我們不也是在買電暖爐的寒夜相遇嗎？

忽然之間，我在人叢中看到抱著一座電暖爐的你，你手上依然戴著我送給你的月相錶。

你穿著毛衣和呢絨外套，一如往日，早上剃掉的鬍子，晚上又長出來了，頭髮依然憤怒，只是，這一次，患上重感冒的是我。

感冒，本來就是很傷感的病，寂寞的人，感冒會拖得特別長，因為他自己也不想痊癒。

「妳好嗎？」你溫柔地問我。

是的，徐銘石說得對，愛情並不複雜，兜兜轉轉，流過不少眼淚，重逢的一刻，也不過是「你好嗎？」這三個字。

為什麼跟三年前一樣，剛把長髮剪掉就碰上你，這是純粹的巧合，還是命中注定你永遠不會看到我長髮的樣子？

「你好嗎？」我問你。

你點頭，問我：「妳也想要嗎？這是最後一座了，讓給妳。」

「不，我三年前已經買了一座。」

「哦，是的，我記得。」

「我來買洗衣機。」

「哦。」

「妳近來好嗎？」你又再問我。

「我現在很幸福。」我微笑。

「哦。」你微笑。

「再見。」我早已經說過，我不能再站在你面前。

「再見。」你抱著電暖爐離開。

我不是說過，如果有一天我們在路上重逢，而我告訴你「我現在很幸福」，我一定是偽裝的，如果只能夠跟你重逢，而不是共同生活，那怎麼會幸福呢？

告訴你我很幸福，只是不想讓你知道其實我很傷心。

我從停車場開車出來，看到你站在街上等計程車。

寒風刺骨，我怎忍心讓你站在那兒？

我把車停在你面前，問你：「我送你一程好嗎？如果你不介意我會把感冒傳染給你。」

「謝謝妳。」

你把電暖爐扛上車，坐在我身旁。

我又聽到了你那輕輕的鼻息。

「是新買的嗎？」你問我。

「是去年買的。」

這輛車有一扇天窗，抬頭可以看到月光，因為這個緣故，我才會買。

今夜，明月高懸。

「月亮又復活了。」你說。

我努力控制著自己的淚水。

本來，我想說：

「可是死了的愛情不會復生。」

本來，我想說：

「我一直沒有忘記你。」

但是，我只能夠輕輕的說：

「是的，月亮復活了。死了的月亮，總能夠復活。」

「我看到了那些信。」你說：「孫米白移民，把那頭大花貓留給我，妳知道，牠老是喜歡抓東西，牠抓開了那些抱枕——」

我無法再控制我的淚水。

早知道我剛才就不應該跟你說「我現在很幸福」，你一定知道我是偽裝的。

「你住在哪裡？」我問你。

「還是西環最後的一間屋，妳知道怎樣走嗎？」

「我從來沒有忘記——」我說。

雲生，我從來沒有忘記去你家的路，我從來沒有忘記那一段距離，正如我從來沒有忘記你的溫柔、你輕輕的鼻息、你在恩戴米恩的月光下，溫暖而鮮活的身體。

「妳要不要吃藥？我家裡有藥。」你溫柔地問我。

我從皮包裡掏出你三年前給我的藥，告訴你：「你給我的藥，我還沒有吃完。」

「那麼妳的健康一定很好。」

不，我只是捨不得把你給我的藥吃完，那是我吃一輩子的藥。

「妳有沒有試過用藥來送酒？」你微笑問我。

「試過了，不堪回味。」

「哦。」你流露失望的神情。

「也許，也許我會再試一次。」我微笑回答你。

雲生，也許我會再試一次的，只要你讓我相信，光陰流逝，卻拉近了我們的距離，而你，不再離我很遠。

蘇盈

最幸福的一種壞

張小嫻散文精選

一個人生活，可以很快樂，兩個人在一起，才是幸福！

我們內心真正渴望的，其實是某種程度的依附。
在他面前，不但可以調皮，也可以蠻橫，
因為被自己所愛的人寵壞，就是最幸福的一種壞。

繼《謝謝你離開我》之後，
張小嫻再度撫慰我們的心，找回戀愛的勇氣！

國家圖書館出版品預行編目資料

荷包裡的單人床 / 張小嫻著.--二版.--臺北市：
皇冠. 2013.1 面；公分（皇冠叢書；第4260種）
(張小嫻愛情王國；4)

ISBN◎978-957-33-2954-1（平裝）

857.7 101022153

皇冠叢書第4260種
張小嫻愛情王國 4

荷包裡的單人床

作　　者—張小嫻
發 行 人—平雲
出版發行—皇冠文化出版有限公司
台北市敦化北路120巷50號
電話◎02-27168888
郵撥帳號◎15261516號
皇冠出版社(香港)有限公司
香港上環文咸東街50號寶恒商業中心
23樓2301-3室
電話◎2529-1778　傳真◎2527-0904
責任主編—盧春旭
責任編輯—江致潔
美術設計—王瓊瑤
著作完成日期—1997年5月
二版一刷日期—2013年1月

法律顧問—王惠光律師

讀者服務傳真專線◎02-27150507
電腦編號◎537004
ISBN◎978-957-33-2954-1
Printed in Taiwan
本書定價◎新台幣240元/港幣80元